平静生活

一夕 | 著

北京时代华文书局

内心宁静的话，守着几棵树，

一样可以过一辈子，它们可以成为你永远的知己。

——庆山

还是要平静地生活。
没有太多奢望，用理性去处理问题。
平等交往，真实，平和，不做作。
不急切地做一些事，不刻意回避。
顺其自然，一直往前走。

——庆山

最终心还是需要跟自然来呼应，

从那里可以获得自己想要的所有东西。

——庆山

我对任何唾手可得、快速、出自本能、
即兴、含混的事物没有信心。
我相信缓慢、平和、细水长流的力量，踏实，冷静。
我不相信缺乏自律精神，
不自我建设，不努力，可以得到个人或集体的解放。

——卡尔维诺

人生最好的境界是丰富的安静。——周国平

人世间的一切不平凡，
最后都要回归平凡，都要用平凡生活来衡量其价值。
伟大、精彩、成功都不算什么，
只有把平凡生活真正过好，人生才是圆满。

——周国平

人生或得、或失、或喜、或悲，
要紧的是心中的一泓清泉不能没有月辉。

——贾平凹

序言

平静心，平静生活

宇宙在不停运转，社会在不断发展，中国转眼已从物质文明的发展积累阶段步入到精神文明建设的丰富阶段，整体性势必会从过去以经济指标为导向的浮躁状态，慢慢转化到以幸福指数为核心的静心状态。这是历史发展到了一个有着质的飞跃的精神觉醒时代，在这样的历史背景下推出此书，这样的心灵作品是具有时代价值的。

因与一夕共事多年，且同为崇尚觉醒文化的践行者，以聆听心香为线索，在日常工作中逐渐深入了解了她对生命实相不懈探索的历程，以及她在灵性成长过程中的历练和感悟。信手翻阅此书，通过对平凡生活点滴的觉察，对自然之灵美的绘画创作，字里行间细腻绵密的描述所透出的挚情至理，都深深触动着我心底柔软的温情，自然而然将读者带入爱的温柔心底和觉的深沉平静，这足以体现作者的人文情怀与修炼功底。

平静心，应是历尽沧桑而波澜不惊的泰然之心，却出自一位九〇后少女，也着实说明闻道有先后，悟道无长幼。禅宗有“看山是山，看水是水；看山不是山，看水不是水；看山还是山，看水还是水”三重递进境界之说，余读《平静生活》，居然有三重境界一网打尽之感怀，真心祈愿更多年轻人以此书为缘步入心灵觉醒的成长路程。

——阿福

目录

平静生活

平静心

平淡质朴为真

原来所有的一切只为遇见你

平静生活

凡事真诚，凡事尽心，
美不在事相中，而在心相中。

一切鲜活起来

太阳从东方的山峦处升起来了，森林里的生灵也都同太阳一起苏醒，开始寻找食物。

只有月亮和星星们沉睡去了。

村庄里的女人和小孩，带着羊、牛、狗、鸡一起追随着太阳的脚步。屋檐下爬满的绿藤和牵牛花也都热闹起来，蝴蝶、燕子还有蜜蜂都活起来了。

只有房梁的蝙蝠睡去了。

含苞的花朵欢迎早晨升起的太阳，它已经耐心地等待了整个夜晚，蜷缩的叶儿，也准备着伸开腰来，摆弄着洁净的露珠，一切都活起来了。

只有花间的萤火虫沉睡去了。

这是一个晚春入夏的早晨，我随司机去往加德满都的城里。山上的风儿不分昼夜地吹着，待城市都活起来时，风儿就带着沙尘不分老幼地胡乱涂抹，调皮极了。更别提街道上那些莽撞的车辆，完全没有秩序地飘荡游移，这真是一个活脱脱的野城市，要是在一个秩序严明的国家，恐怕这样的事情激起的愤恨要从早持续到晚，无法让人安宁呢。

我游荡在向阳的大街上，路过一家一家店铺，有织布的，有做木工的，有卖果子的，有吆喝着为你擦鞋的，各种各样的人都有，像是回到祖母曾常常谈起的北方老城市。司机和我已经走散，为了得到些许的清凉和歇息，我转身走进一座做家具的老房子，里面有竹子编成的家具，有布料和珠宝缝制而成的小物件，也有木头雕刻的实木家具，琳琅满目，堆积得到处都是，也没有什么规律可循。这里的家具，粗看和其他家具店的没有什么不同，可仔细看，却发现有独特的美感，尤其是竹子编成的椅子，上面的每一条竹片，都显得素净，一排一排整齐而有序，竹节都被磨得光亮，可见他们选择竹子时，选的都是颜色偏一致的，着实能感觉到编织人的用心。

屋内很安静，仿佛没有人，刚想离开时，我突然看见客厅的拐角处还有一个小房间，里面屋顶的天窗洒落金灿灿的阳光，一个带着绿色头巾的女孩出现在我眼前。她，耐心细致地编织着手中的竹片，专注而温柔地体会竹片在她手中的节奏，那一刻，整个环境和她是如此和谐。

我静静走向她的身旁，和她在一起，她没有被惊扰，依然那样专注。因为姑娘的用心和爱护，我看到了经过我们生命的手作之物都带着灵性的光辉，就像我们的生命之灵，流淌到了它们的生命之中，物质的呈现，便展现了我们灵性的品质与偏向。我眼前的女子，她的过去，她的曾经，就像她手中小心翼翼的编织，那一片片竹，都是她生命本来最美丽而真实的反映。

面对用心的手作之物，我一直怀有珍惜和敬意，然而，在这个快速前进的时代，我们被卷入了一个巨大的信息旋涡。大家好像已经渐渐缺乏了某种默契和感知、内省和自律的精神，在快速获得知识和物品的同时，也快速被消化，很多事物都流于浮华的表面，而沉淀成生命里真正温暖的东西越来越少。意大利作家卡尔维诺说：“我对任何唾手可得、快速、出自本能、即兴、含混的事物没有信心。我相信缓慢、平和、细水长流的力量，踏实，冷静。我不相信缺乏自律精神，不自我建设，不努力，可以得到个人或集体的解放。”

古时候，人们需要点灯，研磨，织布，写信，走很长的路，夜睹明星来观察宇宙人生的真相，体会生活里一点一滴的智慧，平凡朴质，却深刻真挚。有时候，我们需要给自己一段时间，遗忘这个世界，也让世界暂时遗忘我们，去做一些自己喜欢又平凡的小事，认真下厨，做一顿爱吃的菜，买一束喜欢的鲜花，懒懒地晒一晒太阳，感受细腻的呼吸穿过腹部与鼻腔。这些看似无用的事情，却会让我们一点一滴积累属于人生的清明。

当我们试着去专注时，任何事物都会变成一种冥想。水果、酸奶、茶器、汤勺、长裙、芦苇、火炉、泉水……这些微小、细腻、安静而克制的事物中，除了简单轮廓，还藏有深意。记得曾有一位男子，望着洁白美丽的水仙花盛开，发出这样的感慨：“生命纤弱美丽，要珍惜。”水仙花枝叶纤细，依水而生长，若非对生命同体的柔软，心生感动，他何以发出这样的感慨。

平凡耕耘生活

此时的季节，白菊花盛放，木芙蓉、桂花有条不地紊绽出星星点点，属于春天的花儿却早已凋零。花期对大自然的承诺，总以这样井然有序的方式实现。一切的存在都是如此最合时宜，繁盛有时，离落有时，新生有时，衰败有时……

外面已是黄昏日暮，茶馆的人们悠闲地喝着茶，谈论着一些不大不小的闲事，偶尔哄然大笑，一窝蜂地生动起来，而后又回归平静，继续着熟人之间才会有的交流。这是一个恬静又开阔的地方，最热闹的也唯有这间茶舍了。

挑了靠近大窗的拐角处坐下，只手推开窗户让新鲜空气进来些。茶馆在城市的高处，山上的风儿格外清凉解热，靠窗而坐还能更清晰地欣赏到太阳落下的分分秒秒。在眼前不到两米处，有一棵高大细长的松柏，夕阳的光将它的影子照了进来，丝丝凉意中又有了暖意，那是不属于身体而体会到的温暖。我尝试着向阳光摆摆手，影子也被拉得老长，像舞者，像老人的胡须。我眺望山下的加德满都，一片灰蒙的金色下，城市之中此刻便是临近黑夜了。整个茶舍都在暖暖的光亮下和暗蓝又斜长的影子中相生相息。我翻开《耶稣也说禅》一书的折页，跟随字句流动思绪，时而轻声阅读："一旦睁开心灵的眼，就会看到贫乏之中的丰盛，饥饿之中的饱足，悲伤之中的喜悦，困顿之中的福祉。一切都在天国里融汇合一……""嗨！你还需要热水吗？""不需要，谢谢您还关注着我！"店家突然地询问，让我的思绪回到了关注茶舍周遭群体的状态之中。此刻，日已西斜，快进入黑暗，我依旧没有回头环顾四周，查看是否有陌生的面孔进来或出去，但我能在他们言谈的声音中感受到那些热牛奶和咖啡的浓浓气息，其中掺杂着他们忙碌一天之后的惬意。当然，还有那位熟悉而亲切的僧人普灵每日如期而至点的那份黑茶……

这是一个平凡如昔的傍晚，我却觉得异常美好。

残缺之美

深夜拜访世界茶联会长吕礼臻老师，年已花甲的老人，如此亲切可爱，一束鹅黄色灯光照在他的脸颊上，照亮了他白色的须发。吕老双手一会儿沏着茶，一会儿自然搭在膝盖上，不见刻意，不失有序，庄重自然。

此时已是凌晨，万籁俱寂，我半倚在木桌旁边，茶香袅袅，壶中茶叶是台湾的冻顶乌龙。偶尔的沉默，使得心越来越静。茶道是茶人的修行之道，禅的精神与美学也贯穿其中，从水温、选茶、器皿、时间、动作……即便是最微小的细节，也要步骤讲究，并将身心充分地浸入。心中要有柔软的质地，对微小的事物都犹如呵护自己爱人那般细心，正如日本茶道大师邵鸥曾说："当你放下茶具时，你应该要有和爱人分离的心情那般，依依不舍。"

缕缕茶香之中，我们交谈了许多话题，提及残缺，吕老说："也许很多时候，我们都会遇到不尽如人意的事物或人，要学会接纳，感受那份残缺带来的美，就如泡茶一样，没有对和错，都只是过程，享受这个过程……曾经，我父亲留给我一片茶园，海拔只有八百米，不能像海拔三千米以上的茶园，雨量充足，空气好，能吸收山间雾气带来的湿润，因此种出来的茶叶，根据因缘的不同，也因此质地和香味都会不同。但当我采摘自己茶园的茶为他人泡的时候，并不会隐藏它的缺失和遗憾，而是将茶叶真实呈现，在此基础上，我会尽力去拿捏水的温度、浸泡时间，用十分的真心，让这款八百米海拔种出的茶叶，呈现它最美好的一面，这对我来说，就已经足够了，没有遗憾。”

在泡茶、品茶的过程中，观察自己的心念，在有相，有形，能触的外境上，保持心境澄明，进而能悟到无相无形的妙明真心，即便没有最好的茶叶、茶具和茶水，我们也能为他人献上一杯最温暖人心的茶。凡事真诚，凡事尽心，美不在事相上，而在心相中。

苏轼说："外枯而中膏，似淡而实美。”枯树中融有伟丽，怪石中蕴含着春天，正是那些不完美的地方颤动着“生命之光”。因为对于完美的追求，使得我们陷入美丑的幻象，超越概念的束缚，方能发现天地间真正的大美。

眼前依然茶香缭绕，可心静好似太古。吕老用了两个小时的陪伴，向我这个年轻人讲述海阔天空的胸怀，讲述茶道的精微妙智，同时，他也在用自己的人生阅历，给予我生命成长的启发。除了中华茶文化的传承，我更看到了人的担当与大爱，茶之沁香，在于心之真诚。

听香

霜落蒹葭水国寒，浪花云影上渔竿。画成未拟将人去，茶熟香温且自看。

——〔明〕 李日华

自己爱花，也喜欢品香，无论走到哪里，随身都会带着用布袋裹好的香。一支好香好比一颗灵珠，集聚了天地群芳之髓，可以养心、养身，更可以养德、养性。如果说香以载道，那如呼吸一般自然的感知，就是自然之道，它无处不在，无处不有，有形无色，归于本心，湛然空寂。

这几日，清晨出门独自走在山间，采摘了很多紫色的野花，供在圣像前面，看着很美丽，房间仿佛多了一些鲜活生机，拉开帘布，等待阳光进来，洒落窗台。早晨带露折花，夕阳时花香犹在，台桌上的花从盛放到枯萎，再到凋零，都会散发淡淡的香味，尤其越临近枯萎，越花香四溢，会充满整个房间。

每日朝阳初升时，头脑是最清醒的，于室内静坐，心游物外，配以暖香一炷，便能从这清明之中，理清很多内心的繁杂。我尤其喜欢观香，那通红闪耀的火引，孕育出无形无常的缥缈，始终在变化，暗喻了这虚幻的世界。点“香”，也许就是让我们成为一个纯然的观察者，在香影的无形中，唤醒出一个不可动摇的清明世界。其实古人在谈香时，并不是一支具体的香，而是借有形的自然物来代表我们无形的心香。因此有“自从去年一握手，至今犹觉两袖香”“与善人居，如入芝兰之室”这样的词句。

谈到香，其实我们仔细观察一下生活的点滴，就会发现：香，无处不在。

窗台上的那束花的花香

走在雨淋小路上散发的泥草香

秋天落叶飘零的风香

冬日阳光的暖香

掀开锅盖时的米饭香

客人相聚时的茶香

彬彬有礼的书香

莫扎特演奏的音香

热情善良的心香

……

这些被我们忽略的生活细节，却可以演绎出如此香美的人生。每个人的一生都会遭遇不同程度的苦与乐，在人间的悲喜剧场里，我们或锤炼出金子般的品质，或在物欲横流中堕落，或像温水里浸泡的青蛙。无论如何，组成生命的每一个瞬间都好比香料，我们捣得愈碎，磨得愈细，就香得愈浓烈。用心去过每一天，用心对待每一件事，用心善待每一个人，让每一个微不足道的瞬间，都变成香，我们的人生，就会演绎为一支最沁人的香，即使岁月无情地燃烧着我们，也留给了世界最香美的启发。生活因为有了香，才有了灵；有了香，才有了味；有了香，才构成了和谐又独特的宇宙人生。小王子说，“真正重要的东西是眼睛看不见的”，而香，就是一种看不见的珍宝，它透露着无尽的美好能量，它是觉醒人生的味道。

独处，一个人的荣光

记得一次夜深人静的时候，我独自围绕佛塔转了四个多小时，心里很明晰，眼泪无缘由地流了下来，不是悲伤，是宁静地放松。此后，我回忆了生命中所有的老师，他们好像就在眼前，心头便升起暖暖的温热与感激，我想到，在无常现实的涌流中，还有很多美好，值得我们倾其所有，用一生去领悟。

真正的孤独，是寂寞的享受，穿透时空的壁垒，超越世间情欲恩爱，达到永恒的空灵和静默。心灵的安宁、平和、淡泊，让一切变得简单而自然，一日有如两日，甚至片刻就是万年……

我们行走在森林、荒野或草原，感受风轻轻吹过脸庞，阳光穿过树林落在我们的肌肤上，头顶飞过的鸟儿和对面那山头的鸟儿相互啼唱。我们脱下鞋子，蹚过溪水，感受轻柔从脚腕处流过，也许你还会惊喜地发现有很多小鱼儿，穿行在你的脚丫旁。

你不用说话或者唱歌，就这样静静地体会，自己和万物的流动，就很清澈、很安宁，大自然就是有这样的魔力。在城市之中，我们习惯被外在的事物牵着走，被各种形式的娱乐、聚会填满生命的空白。当我们独处时，感觉到更多的是寂寞无聊而不是孤独的自由。其实，我们静静思考一下，会发现这是一种很奇妙的现象。

在英文中，孤独不止有Loneliness这一个单词，Solitude也表达了孤独的含义。但Solitude和中文里“孤独”所传递的情感色彩有所差异：Loneliness传达了孤身一人感受寂寞的痛苦，而Solitude则传达了孤身一人体会自由的荣光。Loneliness expresses the pain of being alone and solitude expresses the glory of being along.（Paul Tillich）

独处时，我们发现了寂寞无聊的烦恼，想拿起手机、打开电脑，回到社交群体之中。试想，如果有一天，我们认为可以维持的外部连接，一旦没有达到预期或失联，我们将面对种种焦虑不安，遭受不愉快的体验。外部世界无时无刻不在变化之中，无法掌控，我们唯一可以控制的，只有我们的内心。而独处，是回归内在力量的唯一道路。罗素说，要受得住百无聊赖的状态，因为这种能力是“过上快乐生活的要素”。

“我们曾如此渴望命运的波澜，到最后才发现：人生最曼妙的风景，竟是内心的淡定与从容……我们曾如此期盼外界的认可，到最后才知道：世界是自己的，与他人毫无关系。”这段杨绛先生的感言，是活了一百多岁的老人，一生最后的沉淀，如此平静平和。

也许只有等到生命终结的那一天，我们才能觉知，孤独是我们生命的本质，它伴随着出生一直存在，而我们一直没有学会接纳和享受它。愿我能尝试着每天给自己一个独处的机会，接受生命的本来面貌。

剥开思维的茧

在梦中认识花，在现实中认出梦。

——题记

在旅途中，我用印有绣花的豆绿色布料，做了件中袖上衣，带回杭州后，因为和这个城市格格不入，仅穿过一次，好看的花纹和精致的绣工，只能自己欣赏。

家乡，是一朵带刺的花。每当回到家中，与亲人相聚，总脱离不开世俗层面的种种话题，家庭、婚姻、孩子、工作……人们很少谈论理想、爱、国家和群众，更无法意识到整体生命的生老病死、成住坏空。这些宏大的生命课题，在小巷街坊很难听到，人们活在一个温水之中构建起的不愿改变的思维牢笼中，狭窄，局促。不知道会在何时，才能剥开这层思维的茧，超越长期建立起来的习俗。不是所有人都能勇于踏出这一步，离开自己的舒适区，意识到还有更广阔的天地。

游学行走是一个能开阔胸怀、理解不同价值观的好方法，它能让我们看到世界的多个面向和组合，那些不同的语言包含着同样的智慧，生活的艺术在形形色色的人文中展现魅力。每当我去往陌生的城市，都是独自而行，然后在那里至少居住一个月，大部分时间都住在山中、特定的灵修地或寺院，与世俗人群接触得少，却和附近居住的少许人及他们的家庭有紧密的相处，这让我能看到在他们身上折射出来的习俗面貌，因小见大，进而理解到不同的人生。最重要的是静心、开放、感受、融入，给自己一些时间去学习和体验不同的价值观，这会让我发现更广大的心的空间。

听，母亲湖的声音

拉萨，凌晨四点，醒来，拉开窗帘，月光洒落。独自静坐，看着窗外的大树、山脉、经幡，万籁俱寂，不知道为何，藏地的月光总是如此皎洁明亮，含有太阳的遍照，又清凉温柔。万物经过它折射，呈现的光，褪去了色彩的华丽外衣，格外朴质、深邃、悠长……我看见“万物”，也看见“万物”身上折射出我自己的影子。白天的世界太过热闹，各种因缘相灭相生，让妄念此起彼伏，我们需要让自己多一些独处时间，在宁静与放松中，用微细的觉知，清理这些业的种子，尽力使之重归秩序和善意。

读诵经文，思考经意，安坐呼吸，觉知身心……斗转星移，渐渐日出东方，闭目静坐的我和朝阳、万物一起苏醒，和世界一起回归尘劳，清洗、换衣、早餐，待朋友到来。朋友说今天会带我们前往一个不知名的寺院，游客很少知道，却是很庄严正气之地。从拉萨，驱车一个小时，到达这个圣地。听闻是当年莲花生大士开创的圣湖。初见，便倾心于此，这片湖清澈见底，犹如湖底能传出音乐一般，鼓动着涟漪。

叮咚，叮咚咚……

一圈一圈涟漪相互碰触，蔓延，大大小小灵活地舞动在绿色的湖面，像交响乐，时而让人狂舞，时而让人静默。每一个涟漪都像能量在生命体内波动，各自影响、相遇、交织、衍生、变化、蔓延，最后又回归平静。好像从未发生过什么。我对这样自然出现又消失的涟漪之美产生了极大的兴趣，它们并不来自外在，而是湖底一股无形的力量，毫无动机地呈现，优雅地鼓动，它们呈现出来的美，有形无声，有影无色，来自空无，又回归空无。

我一直以为，只有外在的世界和生命能展露真实，像花开了花又谢，草绿了草又枯，它们能被看到，能经由时间的陪伴使我们去领悟生命的本来。可是这绿湖交织的涟漪，就像一场场精彩的戏剧，如梦之舞，告诉我们超越有形力量的灵，存在万物之内，给我启迪。

在涟漪消失，一切回归平静之后。绿湖的世界又成了一片纯真的世界，清晰可见，它映照着树木、草叶、花朵、岩石和天空。鱼儿在里面游，水草从淤泥中生长出来，阳光透过树林草叶抚摸湖面，白云在湖里飞翔，万物都在湖里呈现、颤动、舞蹈……镜中花，水中月，而湖水只是宁静的存在，它没有自我，不选择，不判断，没有目的，只是静默地观照一切发生，仿佛那片超然无我的品质下面，有着无限神秘又古老的智慧，供行人去领纳，去深思。

如果每一个生命，能如此这般，回归自己的生命之湖，心地干净、清朗、纯澈又温柔，不存有多余的妄念，也不颠倒任何自然实相，一眼便能望到底，是多么无价的幸事。

眼前的湖，仿佛就是永不枯竭的源泉，指引人们发现自心的光明，那一刻的清澈和喜悦，就是不再饥渴的活水之源。过往，我们习惯于在他人的井里打水来饮，我们心田浇灌的是他人的甘泉，而当我们苏醒了内在的不死之泉，生命便不再向外界祈求。苏轼有云:“君看古井水，万象自往还。”当我们的心完美了，世界就此完美，犹如一滴水融入海洋，一朵雪花融入大地，阳光从东方升起，自我就此消融，成为存在本身，当下就是天堂，就是极乐。

倾听，为了理解，而不是能回应

午夜十二点，她独自穿行在这已经寂静的城市，寒风凛冽，吹在行人的眼眸里，涩涩地发热。她听见了风声，听见了呼吸，听见了心跳，远处的车灯划破了黑夜。她走向布达拉宫，望着宫墙上闪烁的光芒，纯净温暖，她轻轻闭上双眼，默念了祈愿文，倾听，感知，与黑夜一起，融进那庄严的光中……

保持觉照，犹如一面镜子，过着真实感受的生活，倾听外在的声音：风声、鸟语、人流、车喧、虫鸣、叶动、旗展……倾听内在的声音：平静、喜悦、寒冷、焦急、不安、怀疑、嫉妒、期待、愤怒……让一切声音的种子，跟随因缘自然生长，自然消融。“观音”之名符合哥伦比亚的Kogi原住民的部落箴言：to learn is to listen。学习就是去倾听，倾听用耳，也用心。

空气中充满快要下雨的味道，森林的树木，在阴雨天里显出别样的美感。幽柔而坚强，静默而内敛。晚间，我与友人一起供养几位僧人晚餐，聊到教育，友人谈及传统教育应该如何与时俱进的话题。一位僧人回答：“传统教育方式有其智慧所在，并且在传承上遵从严谨才能长远，不能一味地追求改革。”朋友的英文不是很好，却很热情，喜欢表达自己的观点，谈话期间，他总不能完好地表达自己想说的意思，其他人听了都很费力地去理解。餐桌上，一位年老的僧人始终保持倾听，很专注，很放松，回答的话语也很简洁，却总是很精准到位，很契合友人想要的答案。老僧人完全理解了友人所有不平整的陈述。

晚餐过后，我和僧人并肩慢行，我问他如何才能真正理解一个人的谈话和内心。他告诉我：心灵的敞开会带来全然的理解、关怀和爱。这些和是否使用同一种语言没有关系，和认识多久也没有关系，和心灵的开放关系密切。当你全然地倾听，完全放下自我和挡在理解前的细微情绪时，你就能真正爱一个人，理解他想要的是什么。

我想起身边的朋友，在谈恋爱或交友时，常常会出现沟通问题，因为不能理解对方而争吵、误解，甚至咄咄逼人，最后陷入冷战。究其根源，是我们还没有学会如何去爱，并智慧地倾听。挡在误解前面的往往都是自我利益的得失，倘若我们能放下所有的偏执，也许恰恰可以让对方的心柔软下来，反过来倾听彼此的心声，促成和谐有效的交流，这不是我们都想要的结局吗？

初心

我穿上干净洁白的上衣，前往拜见一位尊敬的老师，约好的司机早早在楼下等候。清晨天色才微微亮，我们穿过几条崎岖的山路。平日里，每次出门，幽默的司机都会和我交谈，或生活，或家庭，或问答，可是这个清晨，他很沉默。我想，也许是万物还未苏醒，太阳还未升高的缘故。

打开车窗，任由风轻轻吹响在耳旁，山里到处都是褐绿色交织的针叶，过了大约半小时，我们到达了这个有瑜伽士严谨传承的寺院。司机没有下车，躺在座椅上闭着眼休息。我拿着要带的物品，走上台阶，前往老师的住所，行走的过程中，我调整心念使之趋向专注、平和与清净。侍者在楼下，看到我到来，寒暄几句，让我在客厅稍作等候，随后他端来了一杯自己泡的热咖啡，还有一些曲奇饼干。山间的松柏在窗户外葱翠挺立，空气中弥漫着柏枝燃烧的芳香，这是吉祥的味道。

一位负责清洁房屋的印度女人路过身旁，对我微微一笑，眼神清澈明亮。吃完早餐，我脱下鞋，缓缓走上楼梯。老师已经在屋内等我了，见到我来很开心，按照心意我为他行了三个礼拜，便坐下聊了聊，都是很平常的话。老师是位非常静默的人，话自然不多，他的双手放在两膝上，身上散发出沉稳、平静、爱和清净，让人深深地感受到，他并没有其他虚妄的念想，完全与当下的人和空间融为一体。

期间，他拿出一个红色小盒，里面装有菩提树形状的金色胸针，按照老师所画的图案而设计。因为自己平日都会作画，看着老师的画，像极了儿童作的简笔画，能感觉他作画时意念之清澈、心境之单纯，也象征着悲心、寂静和调柔。老师把它送给我，也许他想用这样的方式，告诉我：不忘初心。

过去古人写诗作画，都包含两重境界："有我之境"和"无我之境"。有我之境：以"我"观万物，万事万物都包含了"我"的色彩，因此有《红楼梦》中湘云的"寒塘渡鹤影"、黛玉的"冷月葬花魂"，带来不同的心境、不同的体会。"无我之境"：以物观物，不知何者为我，何者为物，物我两忘，消融于当下。我想起一句话："青青翠竹皆是法身，郁郁黄花无非般若"。看着老师画的菩提树，心境却在有无之间，似有若无，好像随时都可以融化在万事万物之中。

生命在交织

有一位女子，来自日本，是一位高级营养师，为护送丈夫出家来到印度。初见她时面容有些辛劳，但妆容显示出她是位讲究的女子，短发，衣着简单又透露着优雅。我们在寺院相识，她丈夫在剃度前，和我住在同一个静修中心，每日女子都会来静修中心为丈夫做饭，而我就在邻屋学习佛经，完成老师交代的功课。因为初来乍到，她多次敲门向我求助一些基本的生活问题：去哪里买菜，如何出行最方便，司机电话，等等。时日长了，我和她也渐渐熟悉起来，能如此护送、支持丈夫走进戒律严明的出家生活，这不是普通女子能有的智慧和胸怀。夕阳时分，我常常出门绕塔，会遇见她的丈夫独自拿着佛珠专注地绕行，后来她丈夫正式剃度受戒，成为僧人，我也由衷地尊敬。

她与我相识投缘，得知我是素食者，平常吃食又比较随意，便有意教会我几道简易菜，希望能帮我更好地照料身体。她买好了食材在厨房，一手切着菜，一边为我示范。胡萝卜切成片，清炒后加入葡萄干，少量水，干焖几分钟，很补充身体所需的维生素。生姜少许加入水中煮沸，而后用柠檬汁调味，几勺蜂蜜下去，中午之前喝上一杯，去感冒，也能温身暖胃……

这样的善意，也许是出于她职业的天性，也许是因为爱护自己的丈夫而自然地学会了爱护其他人。我想起日本歌手中岛美雪在她的作品《线》中写过这样的歌词：“纵向的线是你，横向的线是我，相互交织成布，有一天也许有人因为它感到温暖呢。”爱在相互交织，也在流淌，在蔓延。

有所相信，有所牺牲

下完课，听说最近山林有一处清凉的瀑布，从山顶流到山下，泉水很漂亮。于是，我随友人，穿过街道，前往那座山，我们边走，边一路回顾上课时尊者的言语：我们一定要爱别人，胜过爱自己……说着说着，就行至瀑布前。这是条细长洁白的瀑布，像吉祥哈达一般从山顶铺展到了山脚，那裸露着的清澈见底的流水，看得心里都变得晶莹起来。

我们商量着，爬上半山腰，可以赤裸着脚丫蹚水，可以在石头上休息。这是一条充满灵性的河流，人们追求心灵成长，从不同的国家来到这个圣地：静坐、冥想、祈祷、生活，也在这行走之际，心念逐步净化，与这里的草木形成了无言的交流、能量的互通。于是，这里的草木便滋养了人们的性灵，而人们也把真爱的心念回馈给了草木石流。

在朝圣途中，我时常会住在寺院里学习，有段时间，我喜欢上一个离寺院不远的山洞，每日坐在山洞的草垫上看书。在我的前面，有一双黝黑色出茧的大脚，在跪拜和起身之间，是一位女子的背影，自然而熟练，穿着黑色亚麻质长裙和红色上衣，面对的只是洞穴的墙壁，那里什么也没有，甚至连一幅圣者的照片都没有，可她却如此专注。地面上，堆积了许多灰尘，只有些许人过来又离开，我就在她身后的草垫上静静坐着，看她赤裸着双脚，双手合十，倾注身心而后扑向地面，有着一种朴质而独特的优雅。她所相信的，就存在她心里，不需要多余的媒介去感通信仰，她就能如此虔诚。我想，那洞穴里时而飞起的鸽子，悠然燃烧的酥油灯，山石草木和岩壁上的每一粒灰尘，在她眼里，是不是都明亮而干净，充满光明。

这是西藏伟大的成就者莲花生大士曾经修行的山洞，来之前，我向洞口外的一位尼泊尔女人买了三盏酥油灯。她不会英文，用手势向我只要了三十卢币，我感激她的淳朴真诚。洞穴外还有两位修习印度教的苦行僧，一块长白布包裹着腰部和下面，几乎算是赤裸，他们就盘腿坐在外面，随身的只有一些晚上睡觉的薄毯子。其中一位在非常专注地修法，手势一动不动，好像延续了三千多年前的某种精神信念，时空是静止的。另一位则看着我笑了笑，在黑色肌肤下，牙齿显得洁白，纯真灿烂。物质生活发展到了今天，在这个古朴的农业国家，人们看似贫穷、缓慢、思维懈怠，但另一面，他们其中很多人，依旧在追求着依靠人类身心的最高努力到达精神的最高点。这不也是另一种美吗？有所相信，有所牺牲，才能跨越。

生活在这个物质优越发达的时代，我们都缺少这样一份虔敬心，对自然，对生命，对父母，对知识，对信仰。

城市一角

地铁穿过幽暗的隧道，她手握着银灰色的柱子，等待红灯亮起。车门缓缓打开，她走下车，停了一会儿，沉默了一会儿，等车开始重新前往下一站，启动时带来了一股风，吹在她的脸颊上。她如往常那样，在五号线地铁口的地方，向那个每日卖花的阿姨询问花的价钱，最终她买下了一束紫色的还未开放的睡莲。回家路上，睡莲就握持在胸前，在这空气不新鲜的城市，花香成了唯一可以摘下口罩的理由。

黄昏有一些凉意，北京的秋天早早地开始落叶，仿佛是被催促着进入冬天。

看着这个充满记忆的城市，她告诉自己终究是要离开的。她开始珍惜在城市的每一个时刻和每一种事物，斑马线、红灯、路人、自行车、高楼、雄浑爽直的口音、道旁的清洁工。北京，这个弥漫着理想的城市，这个有着巨大包容性的城市，这个充满吸引力的城市，这个热闹又孤单的城市，强烈地吸引着她，但她告诉自己，终究是要离开的，自己只是一个流浪的旅人。

回到家，她认真地把买来的花插到瓶中，装入洁净的清水，合十祈愿了许久。已经凌晨了，她拿着换洗的衣物，走向浴室，她喜欢温水浇灌全身的感觉，觉得自己的心灵因为水的倾泻，也会变得更干净一些。然后回到房间，用棉被包裹自己，关上灯，看着窗外，已经分不清是月亮的光辉还是城市的灯光照进房间，洁白、幽冷、寂静。总之，她喜欢这样的夜晚。

山寺

有一家寺院，叫龙泉寺。那时，还没有多少人发现它的美，发现繁忙的都市郊外还能有这样的清凉之地。几乎每月我都会搭车四个小时到龙泉寺，住上一周至半月，这样连续下来，也有一年半载的时间。北方的冬天尤为冷清，到了夜里，空气便是极凉的，呼出的气，大团大团的白，在空中久久不能消散。

那时的龙泉寺，不像如今这样有名，凤凰岭也不像如今这样热闹。那时，常住在寺里的居士不多，但大家都常照面，相互都很熟悉。

冬天的夜晚，我常常独自站在见行堂前，听着朗朗诵经声，看着北京城下灯火通明，天空中还飘着雪，我几乎冻得没有了任何知觉，但心里很温暖，那种温暖，没有悲欢，只有宁静。时常也会有披着黄色棉大衣的僧人，手里拿着灯，踩着雪，咯吱咯吱从雪里经过，那幅画面，安静而美丽，令人难忘。

凌晨四点，掀开围帘，双手捧在嘴前，用呼出的气息暖和双手的凉。忽然抬头，看见皎白月光之下，黑色的树影，孤独而鲜活，而天上的星星格外清亮。我突然明白，原来生命还可以这样感受。

往后的一年多里，陆陆续续来了很多人，形形色色，也走了很多人，他们就像春梦一样了无痕迹。但在这里种下梦想的人，我相信，都会更好地走到生命最后。

印度

终有一天，我也开始想念那个飘满灰尘的，混乱又古老、深邃的国度。

在印度的时候，我住在一个静修中心，每日晨起，会出门行走，绕白塔，而后采摘一些洁净美丽的花朵，带回房间，供在佛台。早餐后学习，完成一次又一次重复而无新意的功课。时日长了，与世隔绝，便渐渐觉得这种生活就是自己想要过一辈子的生活，没有多余的妄想，没有牵挂，也不被他人牵挂，有的，只是当下的知足、安乐。

每日夕阳会洒落在晾衣台，我会在那里，端一杯茶，靠墙静静站着，感受呼吸、阳光和万物的存在。台下是一小块阶梯状的麦地，杂草丛生，一个印度女人，裹着绿色花纹的头巾，红色的长裙挽起在膝盖处打了一个结，上身的衣服严实得足以保护肌肤不被杂草割伤，每日从朝至暮，在田地里收割杂草，从不见她说话或娱乐，只是独自蹲下、切割、起身、堆放，不断地重复，在这小小的方寸田地，用人工割地，方式原始，却显得勤恳朴素、缓慢平和。我想，用原始的劳作方式去织布、缝纫、制作食物、耕种，虽然效率不高，却保护了一颗朴质的心，与大自然的造物亲密接触，经过身体、肌肤，人不会感到急迫，也没有机会滋长愤怒、焦急、侵略性的意识，因而性格也会平和、踏实许多。某种程度来说，这会不会是他们另一种的福报？

在印度，追求自由的人，会让自己和神的精神靠近，甚至到达同频。修道者、苦行僧、瑜伽士、乞丐……你随处可以感受到那种巨大的包容性，那种清澈的快乐。一次，我独自出游在瑞诗凯诗，一个充满灵性、瑜伽、素食的城市，中间有恒河贯穿桥岸，街道上满是车辆、灰尘，嘈杂、混乱，但路人缓慢。那些穿着纱丽的女人，笑容纯净；低头行走的苦行僧，从容又优雅。我喜欢傍晚独自坐在恒河边，伴随着Shiva的音乐、流动的河水，看着人们虔诚地闭上双眼进行祈祷，有所相信，能谦卑，心就清澈、知足起来。

虽然印度也有小偷、强奸犯，满街都是向你伸手的穷人、妇女和需要喂奶的婴儿，但那片土地也因此到处充满了神圣的恩典。当我们拥有朝圣之心，渴望到达人性所能超越的最高点时，你在街道、庙宇、茶馆、恒河、集市、大巴，乃至每家每户都可以找到神的精神，你会很自然地思考觉醒、觉知、大爱、牺牲。

我想，这也是为什么即使那片土地充满了肮脏、混乱的表象，依然有成千上万的人愿意前来，长久居住。这就是他们的舍弃，舍弃优渥的生活条件，舍弃享乐安逸的美食，来到这个国家，得到了更多无形的东西，超越肉眼所能看到的深层次的美与爱。泰戈尔说：“有一次，我们梦见大家都是不相识的。我们醒了，却知道我们原是相亲相爱的。”

遇见一只孤独的豹

在佛学院静修的日子，每日晚餐过后，我会等待与僧侣们一同进行夜幕的晚课。自己习惯了坐在最偏侧的坐垫上，静静地深呼吸，然后静默，让心保持清空，等待那些号角和铃鼓的声音响起，充满庄严而稳重的气息。那些藏语唱诵的经文，自己无法听懂，但我能从声音的磁场和起伏变化中，感受到祈祷、安定、力量、突破、慈爱、祝福的整个过程，我喜欢和这些声音融合为一体的感觉，忘却了时空，没有烦忧。

晚课结束后，身心清安，此时已经是深夜了，我必须独自走过那条通往客房的小路，早些休息。在小路与茶室相交处有一盏昏暗的闪着暖黄色的高杆灯，客房在山腰，因此，我要途经一条短暂漆黑的道路，然后经过灯光，再拐入右侧向下。每日都是如此。山间的黑暗对我来说，已不再那么可怕，何况路途如此短暂。周围的山，草木的剪影，睡着了的小虫们都变得很乖很安静，连鸟儿的声音都比白日安静了大半。在这条马路上有一株开着紫色花朵的大树，无法叫出它的名字，只知道夜间它会偷偷地落下很多紫色的小花瓣，花香十分淡雅。待第二日清晨，再回经此处时，便能看到草丛与地上铺满了紫色的花瓣，美极了，仿佛在夜里，只有它们不曾睡去。

在一个农历十五的夜晚，空气舒适，有些许清凉的微风，皎月轻柔地洒落光明，我悠闲而缓慢地行走在下坡路上，在就要到达灯光的拐角处时，忽然间，心里似乎感知到了什么。我向灯光的那头望去，碎石凌乱的道路中央，一只黝黑色、有着优美颀长的四肢的动物，带着一份孤寂之感，从黑暗处踱着步缓缓地出现在我眼前，出现在灯光那头。它的影子被拉得很长，低着头，像从未有过自由与惬意，在路间缓缓漫步。我最初发现它，以为是一条夜间散步的狗，比普通犬类高大一些罢了。但随着它的移动，灯光照在身体上，结合着它黑色的毛发，折射出光来，越来越清晰，它用不一样的姿态移动步伐，那起伏的背部躯干……此时，我隐隐约约意识到，它可能不是一条狗。

我开始判断它可能是一头豹，但它会如何对我呢？正在我开始产生些许迟疑的时候，它抬起头，发现了我，用那一双明亮的眼睛，看着这个同样在深夜漫步，偶然相遇的陌生人。它停了下来，我们有片刻的相视与沉默。我内心，没有感到丝毫的恐惧，我觉得它那样的出现，散发着亲切、孤独、自由和解放，和当时的自己一样。同时我也在内心深处本能地暗示自己，它并不会伤害人类。在我们对视观察的短短几秒钟，它的情绪好像开始出现了波动：平静、观察、判断，然后恐惧。它显然害怕人类，没有选择扑向我，而是用迅速敏捷的四肢，跳向了路旁的山林深处，那个漆黑的身影就这样迅速地消失在灯光之下。由于它跳入丛林的声响，引起了附近山下住所里的几条大狗用力地嘶叫，那声音充满侵略、恶意和争斗。而它，远去的豹，始终在保持着沉默。我渐渐缓过思绪，心头开始有了些许凉意，如果它选择扑向我，可能我就会当场死亡，但它没有。

此后的日子，每当我路过那条狭窄的碎石道路时，想起缓缓踱步的它，更多的是某种对生命的相惜与爱怜。在这样僻静的山里，在这个科技并不发达的农业国家，它们失去了自己的家园，难以得到食物，当地也没有开展任何保护野生动物的有效措施，只能靠驱赶来确保它们与人类的隔离。但我想，那只与我短暂相遇的豹，是渴望自由的，我无法忘记它出现时，那份犹如获得了解放般的自在惬意，没有恐惧，没有侵略，只有从容，只有平和，仿佛从牢笼里释放出来一般，享受着丛林，只是丛林再也不属于它们或它们的儿女。也许只有在深夜，才能享受到属于它们自己的那份自由。此后，我渴望再见到它，但再也没能遇见过……我只知道，在这片静谧的山林里，它在某一处土地踱步，与我同样地呼吸，共同地生存。

一日清晨，我远行多日徒步归来，在茶室歇息。人们看到我，都新奇又关心地和我交谈，说他们在这里发现了一头黑色的豹："那头猎豹出来了，它还咬伤了这里最大最威猛的那条黑狗，差点就死了，现在那条狗还在医治，你要小心，夜晚再不要出来了。它可真厉害！”那一日，我遇到的人几乎都在向我传递这个信息，并表述夜里他们会拿着铁锹去寻找它、捕获它。可在我心里，没有丝毫的畏惧，隐隐地却感受到了某种挂念，好像一位沉寂已久的故人，突然再次知道了它的消息，那样地惊喜，又那样地担忧。

我依然踱步在那条铺满石子的道路上，渴望再次遇见它，我相信万物有灵，希望它一切安好。

幸福王国香巴拉

想象一下：世界不再有战争，四季更替，鸟语花香，没有痛苦，没有忧伤……人们相处愉快，没有自私，没有贪婪，四海之内皆为兄弟姐妹。

你是那春天的燕儿
也是那无意撩动桃花的风
你是整个天地
也是沧海一粟

不知不觉，空气中到处弥漫着春的气息，桃花已经在庭院零星地开起来了，满院盛开的花朵，疏疏朗朗朝着阳光的方向。驾车出游的路上，还能看到一朵一朵含苞的花蕾，在风中肆意地滋长着。花蝴蝶赶在了蜜蜂的前头，想去吸吮最新鲜的花蜜。我自小在江南水乡长大，却在藏地欣赏到了桃花的盛开，真令人感到愉悦。这个初春，是在拉萨度过的，经历了不同地貌风景带来的不同体验，辽阔、豪迈、纯净、圣洁，这里仿佛包含着所有季节的美丽。

远处白色的石楠花让我在恍惚间产生了错觉，以为是千万束的光芒，变成了白色的精灵住在了人间。我依偎在大树身旁，沉默着。在我和花儿之间，还陪伴着一位静默的神，就是大地母亲，被我们遗忘又无时无刻不在承载我们生命的母亲，承载生命的坚实。

常常听人们谈论：最好的死亡，是身体毫无保留地还给了大地母亲，灵魂得到自由去了天堂。大地母亲，它承载着天空赋予的一切：雨水、风、阳光、雪……大地的雨林接受了天空的阳光从而得以成长，天空的鸟儿接受了大地的拥抱得以栖息。好像，大地母亲总是在承载着万物带给它的一切，又回报万物以存活的力量。人类可以在这片真实的土地上学会耕耘、勤劳和务实，学会如何骑马，如何数松果和蘑菇，如何在湖水中嬉闹，如何生火取暖以及如何去爱。

记得初到拉萨时，是下过雪的午后，空气弥漫着清冷，远方的山川都覆盖着茫茫的白色。我随好友前往不远的圣地，听说那是信仰虔净而稳固的地方。我爬上半山腰，眺望远方连绵起伏的山脉，还有触手可及的天空，一切都与秀气灵透的家乡不同。我看到了那个好像触手可及的太阳，在白雪中散发着光和热。

雪覆盖的是一片干净洁白的世界。在戏剧般梦幻喧闹的世间经过，人们平时不免沾染上污浊的东西，而身处这空灵静寂的雪中，我们的心灵好像得到了洗涤，得到了净化、升华。我想，这就是为什么没有人会不喜欢雪的原因。雪不仅是一种自然形态，还常常带给人哲学上的思考，下过雪的街道，行人缓慢，车流停驻，大自然在用春夏秋冬四季告诉人们，什么时候安静，什么时候热情，什么时候蕴藏，什么时候丰收，这些是生命智慧，需要内心足够敏感静寂，才能感知自然对我们的爱。皑皑白雪，荡涤污染，寒冷的天地间，犹如涅槃。

唐代的庞居士是药山惟俨大师的弟子，有一日，他从大师那里求法离去，十多个禅客相送。庞居士和众人谈笑，走到门口，推开大门，见得漫天飞舞的雪花纷纷扬扬，乾坤正在一片皑雪之中。庞居士指着空中的雪，不由地发出感慨："好雪片片，不落别处。"其中一人问道："不落别处，那落在哪里？"庞居士大怒，打了那人一巴掌，这件事就成了有名的禅宗故事之一。当下一点真心即是禅，没有在别处，没有时空的思考，当下就是圆满。禅师认为：雪为白，是洗净的灵魂，无心的空，是不加粉饰的自然，在这通透心灵的雪国，深心独飞，荡尽污垢，孤意自在。

雪巅之上，我眺望湛蓝的天空，其高远深邃，是这个人间无处安放的灵魂的故乡，带给人们理想与宽广的心胸。草原的汉子可以奔跑，对着天空放声歌唱；城市的人们，可以在夜晚对着天空，安静地敞开自己的心灵。天空，就像父亲一样，守护着我们纯净的灵魂，让它得以翱翔。自古东西方都把天空那头比作天堂般遥远而神圣的地方，它代表了任何崇高的理想或浩瀚神圣的体验，激发着人类的创造力和想象力，让我们在相信生命之外，还相信可以触摸到灵魂深处。

想象一下

那种大地辽阔的感觉

它明明空旷荒芜

却让你有无穷的力量

可以无尽地探索……

大地母亲是坚固的、实用性的，它告诉我们生而为人，拥有着如它一般坚实的身体，可以依靠双手去创造属于我们的蓝天。当我走过那片连绵的山川，那个被藏民称之为天然玛尼堆的地方，所能感受到的就是大地母亲的爱，也是来自天空的祝福。而一切生灵，在爱之中，与自然一起。

以天地为家

天地之间，栖息着人与万物。人与天地的和谐共处，就是幸福家园的心灵源泉，当我们清醒地认识到我们是自然的一部分，我们就会心生敬畏，也会发展出对大自然真正的爱。在很多国家和地区，存在着一个关于神奇国度的传说。那个神奇国度被人叫作香巴拉，它是由一个英明而慈悲的国王统治，在那里，人们心地善良、博学多闻、勤劳快乐。人们知道如何与天地和谐生存，他们用勇敢和勤劳回报大地与爱，他们用祝福和奉献回报生灵与爱，他们用歌声与祈祷回报天空与爱。在那个国度里，人们没有休息地克服自己人性的弱点和恶习，最大努力地开展自己的慈心与光明。

香巴拉愿景的首要原则，是不畏惧自己的真实面貌，不断战胜自己的负面品质，展现光明，在面对世界的巨大难题时，我们既可以表现得英勇，也可以同时表现得仁慈，突破束缚在我们身上的一层层固化的茧，展开真正的勇士之道。当今世界情势，经济不稳定，贫富差距大，战争始终存在，难民生活悲惨，心理疾病、精神忧郁依然层出不穷，而香巴拉的美好愿景，虽然在现实社会中看，就像一个美好的童话，但我们能逐渐深入了解，它更多的目的在于唤醒一种基本的人类智慧与觉醒。

我深信，依靠每一个人的努力和付出，我们的地球会越来越美好，我们学习着如何爱，与天地共处，爱护每一个生灵，终有一日，地球的每一处角落都将如香巴拉一样美好。

从此
我们不再埋头走路
因为那只能看到生命的两三步
我们敞开心灵
看到彼此的眼睛里
一颗一颗，纯澈的真心
当人们双脚踏进泥土，奔跑
仰头对着天空，爽朗地笑
这就是我们幸福的家园

我们在潸然落泪的同时，发现自己也在微笑。我们在哭，同时也在笑，这是香巴拉理想中的心态。 它不是极美妙的吗？一朵花需要阳光和雨水共同滋养，方能绽放得如此美丽。同样地，我们眼中所落下的眼泪，也要与阳光的照射融合，方能出现彩虹。这即是彩虹之所以成为彩虹的缘故——沾着泪水、和着阳光。从这个观点来看，香巴拉的哲学便是彩虹的哲学。

森林回忆录

在未知的自然里修行。

窗外淅淅沥沥地下着小雨的时候，我会安静地躺在床上，倾听丛林里各种虫蚁还有鸟儿飞翔的声音，有时候还有蛇般嗞嗞作响的声音。不知道还会有什么样的动物会发出什么样的声音，我就这样安静地躺在床上，听着所有的声音与自己的呼吸同在，那一刻，很安静，很安详。

在森林修习的每一天，我们要三点起床，在天还未亮的时候，要赤着脚走过丛林。每当穿过那条幽静的道路，尤其是下过一场大雨的土地，脚对大地的触觉便充满着谨慎和畏惧，我会感到很害怕，害怕会踩到蛇，还有经常出现的千脚虫，也害怕有未知的东西从高高的树上掉落下来。如果无法对当下保持警觉，那可能会有很多危险的事情发生，但我清晰地知道，我必须要有勇气独自走过这短短的丛林小径……

由于习俗、语言和民族文化的差异，我也会因此遇到很多困难。

这里的天空，很喜欢下雨，一下起雨来就是狂风暴雨，有时候也有晴天雨，有时候也会很凉爽，如果你比较幸运，还会看到那只长得像老虎的野猫，悠闲地在雨中漫步。丛林里的动物看起来很凶猛，也很危险。但当你和它们真正友好地相处起来，就会发现，它们是既安静、缓慢，又温柔，在这里唯一能感受到的是平静、安详和喜乐。

休息时，我会安静地坐在丛林的某个地方，或是在暖暖的阳光下来回踱步，思考阿姜查老师书中的言语，感受自然的法则，也会观照自己内在。这颗如疯子般的心，是那么狂乱和躁动，在以前，我会排斥这样的躁动、不安和焦虑，可当我逐渐了解自然之道，开始接纳这颗疯子般的心，爱它且包容它，我发现情绪就成了最完美的通向觉醒的引领者。

每当暮色来临，森林里几乎没有一丝光亮，光着脚穿过丛林，在黑夜里行走回到住所，那些具有危险性的，时常爬行在地面的小生物，让我愈加感到无惧的重要，但自己对因果的信心使我持续不断地行走，对周遭一切生灵，也更加精勤地保持慈爱地修习，我相信这能使我得到勇气。

窗外摇曳的树影，在白月的照耀下显得格外清凉。回到住所后，我喜欢躺在床上，沉默一段时间，就在这沉默里，我能感受周遭一切都与我同在。丛林深处回旋的鸟鸣，树枝被压坏沉沉地掉了下来，知了和知了不时地相互鸣唱，不知道还有什么样的动物会发出什么样的声响，我感受自己的呼吸与大自然的呼吸。当下，美好而安宁；变化，真切而不停息。

某些夜里，头脑还依旧清晰，我会爬起身来，透过窗户，望向丛林深处，那透着寂静而深邃的远方，随着夜晚的来临，森林变得愈加神秘而无法预知。我们在这里的修行，常常也会忘记时间，我们必须依据自然法则来生活，而自然是未知的，我们学习到的丛林生存法则，就是对任何意外的拜访都要正念且警觉。

记得有几日，夏夜炎热，夜里回到森林住所，还会看到让人惊喜的事物，满天的繁星闪闪烁烁，就在这层层密林的天空上，还有皎洁的月光，那仿佛是我见过的最美的月亮。路途中，还会看到飘动着、闪着光亮的萤火虫在树林里穿行，它们都成为上天对我的恩赐。每天夜里的知了声，不断回旋的其他动物的声音，依旧很清晰，有时候下雨、打雷、闪电，每当大自然发出震惊的大动作时，我都会感觉自己的生命很渺小。在这个蓝色星球，与万物同在雨林里，每一个生命是如此平凡和渺小，而每一个生命本具的光芒也都是永恒的存在。

今日，寺院安排我与阿姜莲老师第三次见面，因为明天清晨我就要离开森林了。这一次很平静，他坐在地板上吃东西，周围多了两位比丘，我和帮助我翻译的女师父做了三个礼拜后，我保持了沉默，在此期间我没有任何言语，这样的默契是我不曾有过的体会。我时而抬头看着老师，他的静默和真实已经深深印刻在我的脑海中。

他的身后是一大片森林，树叶伴着阴暗的天气，随风而落。看到这一幕时，我感受到了自然的法则。老师平和地坐着，渺小又平凡，与大自然融为一体，他就像身后落下的树叶，一如我们每一个生命都同样如此。对于我即将离开，他做了很长的谈话，感受着他说泰语的声音，充满慈爱，女师父为我做了翻译，老师说：

• 面对我们不得不去面对的生活、浮躁的城市，我们要始终保持内心的平和，不奢望得到什么，只是融入其中成为环境的一部分。努力而不抱有任何期待，就像一棵大树，需要阳光和水的滋养才能茁壮成长，需要时间。我们所要做的就是不放弃地去做，然后听从自然的法则。

• 不要停留在书本和知识理论的学习上，有些人来到这里，他们只是学习理论，不停地学习，自认为了解了一切以后就离开了，再也没有回来。而我们需要的不仅仅是学到知识，还要去实践它们，让它们成为我们血液的一部分。我想你还会来的，记住坚持和勤劳。

• 当我们变得越来越强大、越来越有力量的时候，任何困难都会变得微不足道，只要在我们内心中建立稳固和宁静，外在便不可动摇我们。

• 不要去思考需要或是想要什么，只是去接受，去与自己相处，与自然相处。

- 保持良善的初心，如果我们有好的动机，就会得到好的结果。

- 我们生活在自然之中，任何事情的发生都是自然的结果，了知自然的法则，就是了知佛法。

他说了很长时间，沉默了一会儿又开始些许言语。这就是老师，在这次的开示里，为了表示对他的尊敬，我忍耐了跪姿带来的身体的疼痛，让自己保持在最宁静的觉知里。我很感动，遇到这样一位平和的老师，这些开示都是最简单又甚深的智慧。

一切就在内心深处

我不需要庙堂
因为
爱是我的宗教
慈悲是我的信仰
一切
就在我的内心深处

清晨醒来，在这个陌生的异国他乡，窗外传来街道上川流不息的车流声和人潮的嘈杂声。我洗漱完，换好衣服，安静着，警觉着，沉默了一段时间。就在这沉默里，我望着柜台上摆放着的圣者的像，心里感觉好安宁，默默地磕了几个头，然后如往常那样，许了愿，便走下楼梯，准备早餐。

这是友人的家中，她的母亲是藏族人，待人和蔼亲切。她早早就为我煮好了奶茶，端放在餐桌上，屋里的人都已出门开始一天的工作了。我脱了鞋，走向厨房，屋里一切都如此安静美好。每一个器物，都在阳光的照耀下，闪着暖茶色、哑哑的光芒，盛着奶茶的银色汤锅，缓缓散发出白色的热气，那一刻，我感到从未有过的神圣与恩典。每一件家具的摆放，都传递着主人使用它们时的温柔与爱护，也许只有在漫长岁月的洗涤下，在主人的轻拿轻放中，这些物品才越发显得生动。洁白的哈达、牛奶及大雪，白色对于藏族人来说，好像一直象征着吉祥与光明，而光明本身就是一种空灵的白。

好似冬日的大雪，会给整片森林覆盖一片茫茫的白，洗净一年里所有的染垢，给四季以交代。著名的象形文字专家白川静描述，“白”这个字起源于人类头骨的形状，大概是因为远古的初民，所看到的、思维到的白色都源自于暴露在大地上的尸骨，“白”便成为记录生命的色彩。“白”不仅代表死亡，还代表新生，大多数蛋都是白色的，无论是蓝鸟、母鸡、黑鸭还是大鳄鱼，他们产下的蛋都是白色的。母亲的乳汁也是白色的，真正的生命居于白之中，当我们打破蛋壳，脱离母亲的乳汁，生命开始走向这个新奇世界，混沌便开始了。而纯净无染的白，才是超越生死的生命本色，是永恒的空灵静寂。

早餐过后，我准备去附近的山林深处行走。没有拐杖，满山是松树掉落的针叶，踩上去咯吱咯吱地响，空气中还散发着松汁的气味。春夏交替的季节，天气还很凉爽，我行走着倾听山里的虫鸣鸟唱，它们是这山里，唯一和我在一起的孤独旅人。

我喜欢坐在山丘上，轻轻闭上眼睛望向太阳，那耀眼的令人目眩的光芒会让人突然进入纯白的空间，自己好似褪去了所有的灰尘、所有的色彩，在白色瀑布般倾下的流光中，成为一只洁净的白鸟，向着光明的方向。我在印度时，会一个人静静地坐在恒河岸边看人们沐浴，他们小心翼翼地捧起河水，闭上眼睛以最虔诚的姿态，从头开始浇灌全身，那神圣的河流，好像带着某种无形的恩典，在洗净内心的烦恼污垢后，心灵因此走向了感恩、知足与光明。

我相信永恒的生命，是存在于我们每一个生命体内的。即使那天空和大地上满载着逝去了的、完结了的生命，可我依然相信，在这种种微细的变化里，在不断死亡和新生之下，有着巨大的、深邃的永恒宁静。

宁静，看见万物

人们无法体会生命的宁静，只能翻译成语言被诉说，可宁静却无法诉说……

万物一直在变迁，树木、海洋、花朵、呼吸、皮肤、念想、长发……愿我们都感知这一切的微细流转。梭罗曾在一则日记里写道：“夜的一缕细声引我侧耳倾听，令生命有说不出的沉静与庄严。”那是他去瓦尔登湖的前四年。喜欢思考和判断的人，生命是理性而警觉的，而爱上倾听与感知的人，生命是放松而清明的。世界尽管有包罗万象的知识，但它们并不会比大自然用风声、雨声、阳光、大海、贝壳等告诉我们的多，因为那是我们觉知真理的宝藏。

断断续续的车轮声搅和着山路的崎岖，一辆搭乘着近五十个人的班车行驶在雪山脚的远地，那是我第一次去西藏。回忆那天，呼吸是极凉的，呼出来的白气在空中久久不能消散。在友人的帮助下，我住进了一栋只有二十几平方米的两层楼房，二楼推开窗户便能看见广袤的山川和天空。

西藏，是一片干净而单纯的土地，甚至是古老的遗传，这里的老人一手拿着转经轮，一手拿着念珠，不停地念诵六字真言：嗡嘛呢叭咪哞。还有响起的号螺声，响彻整个山谷。此刻，我却想起了老子，他的充盈与空无。老子说：“大音希声，大象无形，道隐无名。”老子的心是宁静而默然的，充满了安详与慈爱，同时他的心又是充盈而满怀空无。老子教导我们，人要像山谷那样——虚怀若谷。你记得那个山谷的声音吗？那个无尽的飘扬至远方的声音，嘹亮徜徉，好像我们最初纯净的心灵，坦荡荡，又似一股力量，碰撞着生命的盈满。

你在，我就在
你不在了，我便是与你合一
成为那宽广而深邃的宁静

当自我不在了，宁静就在

第二次前往西藏，是在一个春节的午后，从天空中俯瞰连绵的雪山，那如筋脉一般错综复杂的轮廓，就在云层下渐行渐显。我手中拿着书、一杯清水，常常都是独自出行，感知外在的世界，安睡、沉默、吃饭、思考……但天性始终热情。飞机停落在拉萨机场，阳光温热又强烈地照在脸庞，空气没有想象中的寒冷，当双脚踏上这块土地，心中就仿佛涌现出一种虔敬、洁净、安宁。

我随友人去往雪后的山川，走到半路，我们在一家甜茶馆落脚休息。茶馆里的奶茶冒着白色的热气，里面好多人，火炉旁边还有一只睡觉的猫。这里的很多藏族人皮肤黝黑，谈吐大声爽直，有些像康巴汉子。我们挑了一处不那么拥挤的角落坐下，友人玩看着手机，很入神。我细细看着友人的模样，看着前台那位年少的女孩和客人算着账，还有旁边桌上吃着小菜、牛肉面的大叔。人来人往。这一刻，突然感觉心里很温热。我想自己为什么会突破种种选择，有种种思绪和理由来到这里？身处这间小小的茶馆，遇到这些陌生人，都是某种缘分在无形中牵引。眼前褐色的酥油茶正悠然缓慢地散发香气，我拿出纸笔，记下此刻的心情：

徘徊，犹豫与挣扎
千万思绪改变着我的计划
原来
原来这一切的逃走与胜利
只为遇见你
世界在你心里，而你在我心里

雪川之上，阳光折射在逐渐枯萎的枝叶上，闪着晶莹的光斑。我看到雪山和如此纯净的湖，阳光离我如此之近，就要把我融进那片湖水，成为蓝海。试想一下，千里江山，都变成空寂茫茫的冰雪世界。你置身其中，让时空成为一种虚妄，没有了思考。生命的存在，犹如天空飘落的雪花，一朵一朵融合在大地，融化在一起，成为山川草木、江海湖泊，自我，消失了。

《道德经》说：“玄之又玄，众妙之门。”就是在西藏，在这个山川上，梵音与白海螺的声音回荡着。没有这样雄浑的声音，就洞彻不到内心深邃的宁静与空无。原来，时间不存在，自我不存在，只有存在本身。

老子云：“致虚极，守静笃。万物并作，吾以观复。夫物芸芸，各复归其根。归根曰静，是谓复命。”他把宁静和道联系在一起，万物的存在之根是深远的，又是宁静的，这就是永恒的道，归于静。

自然的喜悦，向内寻找，是宁静空心、圆月之光。回到自己心灵的故乡吧，学会观照，持续而单纯地深入，如月光照耀湖面，那泛起微芒的光就是我们的觉性之光，是它映射了整个宇宙，并让我们从负面情绪的牢笼之中解脱出来，自然地存在于自由之中。

宁静的自由
那宽广的宁静
你无法独自拥有
它来自整个宇宙
会带来真爱之流
充盈这个大千世界
像花朵太美，会产生花蜜
像云朵太美，会积聚雨水
像果实太美，会摇摇坠落
而宁静太美，会分享自由

鸟、湖、山

我推开了芦苇的双手，拥入无人知的水塘，就像阳光灿烂时的一场热恋。白鸟从我身边穿行飞翔，它独一无二，温暖而自由。这种种美好的事物，大自然一直都在全盘托出，而我们心底，却有难以挪步的心事重重。来吧，和我来，像鸟儿一样，飞向无人知的水塘……

白露刚过，山间空气中弥漫着白色的雾气。我换上登山鞋，前往离家最近的山谷。在山里居住的日子，我都会很早就自然地醒来，偶尔在山中碰到勤劳的农民，他们或带着锄头前往自己的菜地，或挑着一篮子的菜，前往附近的市场去售卖。枫树的叶子开始被染红，晶莹的露珠在草木表层折射出一层朦胧的光。从朝至暮，只有小溪不停地流淌着，声音始终轻柔，尤其是清晨，万籁俱寂，它成了最好的音乐。我行走的这片山林深处，有一处静谧的湖水，岸边有一个小木屋，我喜欢坐在小木屋门口看着平静的湖面，偶尔出现一圈圈的涟漪，鱼群密切地往来，便会掀起大片涟漪，荡漾，荡漾，而后又归于平静。雾气慢慢退去，太阳的光从山后面升起，湖面倒映着山，随着太阳的运动，也在移动，大地复苏。等人们开始起床劳作，我便会绕过湖水，前往湖另一旁的芦苇地，有很多白鹭在这里栖息，山林的动物始终习惯性地保持警觉，在这样不确定的森林里生存，它们也学会了很多。阳光浮现在脸颊，山路就在脚下，我感觉生命的本质很简单、很清明。

想起在北京的时候，遇到好天气，我会和友人去紫玉山庄附近晒太阳，坐在湖边看天鹅，有白天鹅和黑天鹅，在湖里安静地漂游，有人会在岸边准时放上它们喜欢吃的菜叶子。友人很喜欢亲近大自然，有时候会抱着大树和它一起呼吸。秋冬时节，公园里行人是很少的，碰到碧蓝的天空，总会感觉这是城市里的世外桃源，让我暂时忘记繁杂的工作，安静地思考生命：我为什么在这里？只是为了每天听闹钟起床，化妆然后上班，挤在地铁里不断低头刷手机，了解最新的资讯，生怕不能学习，被时代所淘汰吗？白天为了博得同事领导的喜欢，夜晚为了博得亲友的喜欢，不断附和外界，最后找不到自己吗？那我真正想要的是什么呢？我想要的也许很简单，仅仅是心灵的安乐。

我们工作、生活、组建家庭，不应该是为了得到外界的认可，而是在不断成长的过程中，越来越多地觉知幸福，觉知内在的能力。这和物质没有关系，与我们的觉知、反省、体验幸福的能力有关。也许一个深山里的隐士，他什么都没有，也没有什么目的，但他可能比我快乐，比我更会享受每天的阳光，他会看到杨柳在微风中漂浮，会感受热米饭在咀嚼时的温甜，他的生命是鲜活而富足的。

如果人生里所有的追求，都是为了那份源自生命本来的快乐，那快乐又该如何去定义呢？在城市里，每个人面对世界都保持距离，我们总是戴着眼镜，低着头走路，遇到陌生人问话，很难产生信任。小鸟飞过，我们不会有所察觉，我们看不到落日的美、星辰的美，我们步履匆匆，总在不安全感里试图争取某种让我们感到安全的可能，这种安全感建立在外界对我们的认可上，而不是自己对自己的认可。我们失去了真正的自信，我们不了解自己，因而无法全然地接纳自己，我们渴望被证明、被爱、被接纳，我们成了饥饿者，而不是富足者。

我绕过芦苇走回原来的山路，田地里已经有好多人开始一天的劳作了，在一棵高大的枯萎得只剩下几片叶子的板栗树下，我准备采摘些野葡萄回去做写生的材料，有时候我也想过用植物原本的汁液做颜料。我摘了很多串，它们形态很小，放在阳光下微微透明，像红宝石。这些果子虽然看起来不如市集里的漂亮，尝起来却非常甘甜。就像这田地里的红薯，农夫们到了傍晚会提着白天挖到的红薯回家，晚上在大锅下的火坑里烧着吃，没有农药、化肥，却又大又甜。我想这就是一种爱吧，大自然回馈给我们的爱。我们用质朴、踏实、勤劳的心念耕种，遵循自然的法则，春来发芽，冬来蕴藏，待因缘具足，等待瓜熟蒂落，这是一种纯净的生命质地，没有焦躁，没有贪求，都是很平常的属于人与大自然的和谐之爱，所以我们才能品尝到最好吃的果实。

这里的孩子，到了午后就喜欢赤裸着身体，大笑着奔跑在山路上，然后纵身跳进清澈的水塘，那溅起的水花，在阳光照射下闪着七彩的光芒，落在他们的脸颊上，散落，融化，流淌，那一刻，他们一定是自由而快乐的。他们面对的世界，是丰满而美丽的。整个大自然就像一场由色彩组合的华丽盛宴，上帝派来了七彩女神，留在人间，不断地配合时光老人，给森林画上斑斓的色彩，就像印象派老画家的调色板，春、夏、秋、冬，一年二十四个节气都拥有不一样的颜色。春天的烂漫，是我们童年的纯真无瑕；夏天的热烈，是我们青年的奋斗不息；秋天的肃雅，是我们中年的四十不惑；冬天的恬静，是我们老年的平淡真味。

犹如钟乳石洞是由一滴又一滴下落的水珠日复一日、年复一年不断累积才形成的，世界所呈现的色彩也是在不断变化、融合、分解中逐渐得以丰富。我喜欢色彩缤纷的世界，但随着年龄的增长，我更喜欢色彩叠加后所呈现的优雅灰。就像此时的季节，秋天的森林绿叶尽染为橄榄黄和绯红，交相辉映成了生命之曲。这些颜色不是单纯的绿或单纯的红，它们还夹杂着落叶的枯黄、枫叶的初红，以及清晨间升起的朦胧白雾，但就是这样的美，让我们好像看到了大自然生命的流经，岁月的变迁，好似看到了我们人类自己的生命，在逐渐走向成熟与盈满。中华民族有一个重要的美学观念，谈话看重言外之意，国画看重象外之味、意外之韵，曲总美过直，忍会胜过躁。而颜色的含藏、叠幽美过直露的宣泄，就像我们的生命表达，从孩童的纯真，走向摔倒又爬起、又摔倒又爬起的旅程，成长的路总是残忍的，但却让我们学会从容，看到风雨中还有一颗可以不动摇的心。

伍尔夫说：“真是奇怪，为什么人在独处时就会偏爱没有生命的东西：树啦、河流啦、花朵啦，感到它们表达了自己，感到它们变成了自己，感到它们懂得了自己，或者其实它们就是自己，于是便感到这样一种不可理喻的柔情。”当我们持有善的心念与大自然交流的时候，就处于和谐的秩序当中，大自然会唤醒我们心里的柔情与智慧。步入丛林，我看到的不仅是大自然的美好与丰盛，也会看到大自然包含的危险、凋零和死亡，就像生命在行进过程中，我们无法掩盖无常带来的残缺、苦难和悲伤。也正因为它们的美丽，生命得以试炼与升华。就像花朵、树叶和小草，生长在森林或田野，它们都是在自己的本性里盛开，生命本具的同一性，造成了我们对外部的理解和关怀。所以，无论发生什么，不要忘记心底的温柔。

信奉，一朵花

微光从树的枝丫间落下来，和花儿一起掉在地上，散落整个草坪。我看见沉默，在阳光的高处，闪闪发着光亮，就像一位遥无边际的陌生人，却敞开着走进了万物心间。平日里我是极其喜欢花草的人，记得有一日清晨醒来，闻到满屋弥漫的花香，便想到是花儿盛放到极致了，扭头望了望床头的百合，叶尾处已经泛黄。时常花儿凋零了，花瓣儿会掉落在台面，反倒觉得更美，不想清扫，甚至想余留那个空间，不敢轻易打扰这生命的剧场，在这小小的方寸天地，它们的死亡和盛放一样美丽，一样在向我呈现这个世界的完整。

“没有花，我不能生存。为什么这样说？部分原因是它们在我眼前变化着，它们的生存只有几天，这使我与过程、成长、消亡紧密联系着。在它们的运动中，我浮流着。”美国作家梅·萨藤说。她也喜欢注视花，视角有点类似一个镜头凑到一朵花面前。对花的爱，她是很微观很细节的，她总是从花的整体看到花的局部，看花瓣，看花蕊，看光线在那上面的流动和跳跃。

我始终感知，花拥有治愈人心的力量，如同梅·萨藤的钟点工米尔，她们各自工作了几个小时后，在喝上午十点的咖啡时她告诉萨藤，今日在后院窗外的苦樱桃丛里，看到一个圆极了的蜘蛛网，缀在上面的露珠熠熠发光。就在这天清晨，萨藤起床后也看到了晨雾，看到了蜘蛛网缀着闪亮的露珠，不同的是，她还看到了被夜雨侵袭后显得颓丧的翠菊和大波斯菊……随后她通过对花的注视，振作起来，积蓄起能量开始写作。

前几日，夜里刮风下雨，这里的花草树木全被风雨摧残，无一幸免，开着紫花的树也被吹倒了，可人们都说它的生命还在，还可以站起来。那几日我都经常过去看它，只要看到它身上那些繁花一直开放，我便知道它的坚强。

若能把人比喻成花朵，这应该是每个人都不会拒绝的美好寓意。然而，这不仅仅是一个比喻，在生命最本质的地方，我们真的与花朵一样，一样出生，一样盛开，一样凋零，一样回归大地母亲的怀抱。我想在这个世界上没有人会讨厌花朵，那好似孩童一般快乐纯真的笑容，像冬日里的暖阳。每一朵花都独一无二，有值得欣赏和赞美的地方，就像每一个人，都有被爱被欣赏的部分，不能被比较，不能被摧残，应该被温柔对待，从而发掘出每个人生命里独特的美丽。

日本作家川端康成在热海旅店，因为劳累早早入睡，凌晨四点醒来，却发现他人昨夜送来的海棠。他一夜未眠，凝视海棠花，觉得它美极了，这便有了后来他在《花未眠》里写下的：“凌晨四点醒来，发现海棠未眠。如果一朵花很美，那么有时我会不由自主地想道：‘要活下去！’”人们与万物浅浅相遇，不是转身离开便是驻足议论，而他却在万物之中看到了生命的美。

游学期间，在加德满都住过半年之久，山上有一座充满宁静气息的藏传佛教寺院叫普拉哈日，那里的植被和家乡的一样，也许是在地球同一半球的缘故，在那里生活的日子，我感觉就像在自己的家乡。山里到处都像是光明的，花儿开了就像花儿睡醒了似的，鸟儿叫了就好像鸟儿歌唱了似的。身处其中，它们欢乐，我也欢乐，它们静静的，我也静静的。

在大自然这片纯净无染的天地之间，仿佛有着无穷的智慧和无尽的力量，引领我孜孜前行。如果你真的热爱某样事物，关上你的手机和电脑，脱离所有的想象，走到它们面前，用生命去融入、去体会。就像喜爱大自然，就去闻一闻真实的花香，用鼻子感觉它的气味，用手触摸它的美丽纹路，去呼吸雨水打在泥泞里的气息，你会明白生命是多么奇妙。

万事万物，都是如此，从一棵树、一朵花、一片云、一滴雨露、一块石头中看到所有的生成和陨落，所有的繁华和寂寞，我们就能渐渐贴近生命的实相，单纯而直接地看到美善。一叶可知秋，一叶能障目，一叶即菩提……唐代禅僧玄觉在《永嘉证道歌》里说：“一性圆通一切性，一法遍含一切法，一月普现一切水，一切水月一月摄。”我想都是在描述同一种领悟。

观察一朵花开
看雨林里那些熟透的果子
从树上掉落草地
那些安静的鸟儿
栖息在美丽的花中
天真的孩童光着身子
沐浴着落下的阳光在井边洗澡
我都会情不自禁地感叹
生活在这个蓝色星球的美好

宋人张叔夏《清平乐》:“候蛩凄断，人语西风岸。月落沙平江似练，望尽芦花无雁。暗教愁损兰成，可怜夜夜关情。只有一枝梧叶，不知多少秋声。”只因一枝梧叶，就能知多少秋声，这是见微知著的境界，在这个世间，没有一件是大事，也没有一件是小事。倘若我们能见微知著而产生洞见，那我们就能跨越有形的界限，到达无形的宽广。

中国古代文人雅士，大多推崇返归自己内心的世界，成就内在的圆满，用细腻微妙的体验代替粗浅的感官享受。所以才有恽南田的“意贵乎远，不静不远也；境贵乎深，不曲不深也。一勺水亦有曲处，一片石亦有深处。”当下的体验，当下的全然满足，一滴水足以让你觉知体内的大海。

乌云的影子化成净水淅淅沥沥掉了下来，与青草化成一片，蜻蜓贴近地面飞行，滑过紫色、白色、蓝色花儿的头顶。看，亮晶晶的雨水扑向一朵朵美丽的花儿，每当此时，想起那么多与大自然交汇的欢欣，我内心都会深深地祈祷，在那冰凉浮世的异域，你仍拥有全然的智慧，体会此刻的欢欣。

“这个渡口曾经住着一个人，他是我的前辈与导师。他是一个虔诚的人，多年以来他一直仅仅信奉这条河，他发觉河水之声与他交流，于是他师从河水，而河水则教导他，培养他。这条河对于他似乎是一位神。多年以来，他并没有明白每阵清风、每朵白云、每只小鸟和每只甲虫都同样神圣，而且与这令人尊崇的河流一样能给人以启迪。但当这位虔诚的人飘然进入林中，他彻悟了一切。没有任何导师与书本，他比你我理解得更多。而这只是因为他信奉了一条河流。”

——黑塞《悉达多》

平静心

若不经历人间的纷纷扰扰，喧喧闹闹，
又如何懂得心中的平淡、喜悦与富足。

观察，那份自然增长

我家后庭院有一大片莲花池，每日放学回家，我就会陪祖母在后院乘凉，后院还有一口父亲开凿的水井，井水干净透彻。夏季炎热，很多瓜果都会装入盘子中，沉入井中以保持新鲜甘凉。我常常和祖母，拿着小木凳子，在井水旁洗果子，洗菜叶子，看到菜叶子被可爱的小虫啃过的一个个狭窄的洞，我就会咧着嘴开心地笑，好像看到了它们那软软肥肥的模样，好似它们是喜欢和人类玩游戏的小伙伴。夏季，满池的青蛙和树上的知了在后院整夜地叫唱，叫着叫着，就把夜里的荷花苞叫开花了。我喜欢荷花的高洁，离落散香，蜕变时依旧存有颗颗莲子，清凉甘甜。

那些炎热的夜里，却是属于萤火虫的清凉悠闲，池前的院子，萤火虫飘得到处都是，一闪一闪亮晶晶，就像天空的星星陨落人间，变成了精灵。泰戈尔谈及萤火虫时，说它们冲破了黑暗的束缚，虽然微小，但并不渺小，因为宇宙间的一切光芒，都是萤火虫的亲人。那微弱的黄绿色的光飘过，那一点点的温存，一点点可爱的星光，追逐了孩童纯真的欢乐。整个大自然是如此丰盛，我们身处其中，成为丰盛的一部分。

自然是什么？

自然是闷热的沼泽；是一棵伫立在远方的树，偶然在风中摇曳；是路边蜕去身躯的知了壳；是密林深处狮子的眼睛；是洒下的种子开出的花朵；是黄昏天边时有的彩霞；是深夜窗外此起彼伏呱呱叫的青蛙；是丛林间上蹿下跳的松鼠；是夏日里悠悠飘动的萤火虫。

自然是雨点打在芭蕉叶上滴滴答答的声响；是山川河流、雪山丘陵；是大海深处的珊瑚螃贝；是在自由的天空掠过的雁儿；是在无边的草原上奔驰的骏马；是墙上滋长的藤蔓；是叶子上的光和落下的阴影；是八月的桂花香；是走入雪地时吱吱的声响。

自然是呼吸间肺部的起伏；是走路时上下起落的脚步；是喝水时的清凉穿透；是睡醒后眼睛从黑暗缓缓看到的光亮；是母亲亲吻孩子肌肤时的柔软；是街市穿行而过的车辆人流；是第一次品尝到棉花糖的酥软香甜；是炉火旁一次次被夹起的黑木炭。

自然是什么？是一切存在，是一切生灵，是最本质单纯的当下。自然是天地所有的生灵，是你，是我，是万物。

我相信，你一定曾有过这样的感受，依宿在山林间、溪水旁，笑声爽朗。看那些生灵，一个一个地跳跃进你平和的眼眸，你扬起的嘴角，是与大自然的合拍。

你不会叹息，青天远方

那翱翔的雁儿，渐行渐远……

你不会畏惧，深幽密林

那未知的啼叫，时起时落……

你纯然地存在，存在于那个美好的，平静的当下

倾听，万物之美……

大自然就像一个疗养院，它可以治愈所有生命，让其找到自己的原点。当我开始改变自己的时候，我就开始懂得了自然的美。不知道在你的记忆深处，是否会时常飘过那些味道，泥土混合着清凉雨，雨点打落在枝头叶梢洋洋洒洒，而后又惊喜般出现天晴云开的闪烁暖阳。还有那若隐若现，不实的美丽彩虹。

身处这个和平时代的我们，都很幸福，也都很不幸。从小受到父母长辈全部的关注，可又时常感觉很孤独，面对社会，好像很多眼睛在审视着我们，又没有人可以走入内心。我们有着善良的本质，不喜欢侵略与冒犯，可我们的“自我”又很强大，习惯了自我保护，也习惯了被关注。

记得刚刚进入大学的日子里，自己孤身一人从南方去了北方，那时候什么都不懂，遇到事情总觉得自己很无力也很渺小。所以那个年纪里烦恼滋生得旺盛，也不知道未来怎么办，工作以后还会如此吗？那时我解决烦恼的方法就是看一些关于大自然的纪录片和电影，夜晚安静的时候去操场跑步，然后思考。

我会想天地如此之大，那只生长在非洲土地上的蚂蚁，平凡到无人关注却依然能努力而可爱地生活；无论战争或饥荒，任凭世界

玩着生死盛衰的游戏，美丽的日出都会在清晨如约而至；喜马拉雅雪山上，也许此刻正安静地下着大雪。这个世界如此之大，生命那么短暂，我为什么还要烦恼呢？想想也就觉得是自己把自我的世界看得太重要了，放下自我的世界，才会体会更多快乐，理解万物的存在，这样思维以后，烦恼慢慢就少了许多。

林语堂在《生活的艺术》中说："大自然本身永远是一个疗养院。它即使不能治愈别的疾病，但至少能治愈人类的自大狂症。人类应被安置于适当的尺寸中，并须永远被安置在大自然做背景的地位上，这就是中国山水画中人物总被画得极渺小的理由。"剥开思维的茧，跳出长期习性建立的舒适区，意识到还有一片海阔天空。有时候坚持会让我们变得更强大，但有时候放手才会让我们变得更强大。

让我们彼此相爱

“爱就像水，不同的信仰就像不同的茶一样……如果要去寻找爱，你就去寻找水，而非茶。”

1

年少时，母亲常常很早唤我起床，打扫庭院那落了满地的桂花，祖母喜欢陪着我，就坐在庭院的石凳上安静地望着我，我一点点扫起桂花和落叶，然后微笑。祖母是一个非常体面的老人，她以自己的方式爱干净，选洁净的布料做衣裳，分享食物给邻居。她夜晚陪伴我读书、赏月亮，为我讲《聊斋》故事、因果的法则，教会我做一个善良的人。我曾经真的认真思考过，那会不会就是大人们所说的爱的味道？爱是可以存在于任何关系当中的，而这是属于祖母和我之间的爱。随着祖母年岁的增长，就像她手背经脉凸起的蜿蜒山岭，生命终将伴随着无常而熄灭，可我对她赤子之爱却永存于心。

长大以后才渐渐懂得，爱和爱情是有区别的，爱是存在于所有生命当中，爱情却只是存在于两个人之间。在这个始终变化的世间，你可以在心底找到永恒的爱，却无法找到永恒的爱情。爱情即使许诺到海枯石烂，也终究不过是一场幻觉的沉沦。那些深刻嵌入肌肤和骨髓的情感，也只是会归于淡化、消失，最终散落天涯的两边，聚散起止都不过是因与缘的造化不同、个人心性的执着程度不同。这就是这世间的真相，从未有过真实永恒的承诺，可以让人执着到放弃追求纯澈自由的快乐，因为我们那本自具足的觉醒，清明、喜乐的内在，从未离开，就是这份丰美的内在，让我们足以在某一个片刻幡然醒悟。

爱的内里，应该是温柔心的质地，就像爱德华多在《爱与战争的日日夜夜》中所写：“温柔一定是根神经，断了就无法再缝上。我只认识为数不多的几个扛过痛苦与暴力的考验——真是罕见的壮举——依然保持温柔的人。”爱情有很多种，包括欲望带来的激情、黏着和撕裂，这样的上瘾犹如吸食鸦片，让人掉入看似无比快乐的深渊，而最终得到的是无尽的苦痛，难以自拔，会对身体和心灵造成极大的摧残。这样的牺牲是完全没有必要的，倘若它不能及时带来彼此爱的觉醒，便会造成无以计数的悲苦，衰竭了自己的生命，也伤害了周遭爱护我们的人。我们把太多乃至全部的爱给一个人的时候，那个自私就变成了两个人的自私，我们便看不到整个世界赋予我们的爱，以及我们所能扩展的自身爱的能力。

有一种爱，像我的父亲母亲那样，生活在六七十年代，他们的爱情：相遇，喜欢，务实，听从长辈的安排，尊重时代的价值观，就像有某种戒律存在于他们的体内，存在于那个时代的体内。他们的爱没有太多自我带来的激情、幻想和期待，只有共存、相处、育儿，换来的情感同样可以相濡以沫，值得相守一生。这样平淡、朴实、善意的爱情，是我向往又不可触及的。我常常问我的父母亲，他们是如何在一起的。父亲说，在我们那个曾经还是村庄的地方，他的年龄已经算大的了，也渴望能遇到可以相伴终生的人。母亲那时二十出头，很漂亮，每日会到街市的花草市场陪伴哥哥姐姐们做生意。父亲便每日去街市看母亲，就觉得很喜欢，想让她成为和自己相伴终生的人。我母亲出身地主家庭，外祖父还是封建思想，讲究门当户对，看不上父亲，一个只会画画的穷小子，因为在那个时候的乡镇，这个职业分文不值。于是父亲四处筹钱，然后经常去母亲家中陪外祖母聊天。外祖母知性，爱护母亲，觉得父亲是个真诚聪明的人，她自然成了这段姻缘的好帮手。母亲谈及那个时候，说自己并没有多么喜欢父亲，就是觉得他会画画，是个手艺人，比较欣赏他的才华，想着将来无论到哪里，再穷也不会饿死，所以心里也是情愿的。就这样，父亲一边筹集钱，一边张罗新房子，后来就把母亲娶走了。

到我们这一代，爱情就显得比较自由，互联网和交通便捷了人与人的社交生活。但这样自由的爱，就另一种程度而言又是一种喧闹的摧残。以前，我们写信，走很长的路，不常见面却始终如一地坚守爱情，便有了《诗经》广为传唱的：蒹葭苍苍，白鹭为霜，所谓伊人，在水一方。那样的思念，那样的坚守，对心灵而言，是一种觉知与练习，可以让情感变得更加细腻，让人懂得珍惜，也知道理解的分量，这样的品质，非经时间而不能得到。有一种感情，强烈、真实、单纯又深刻，可以相望终身，也可以去散随缘，全凭一份毫无恐惧的柔软心的信任，那是勇者之间才存有的爱，无论是蓝领、白袍还是粗衣麻布，无论是配纸、携剑还是孑然一身，无论是下雪、晴朗还是雷雨交加，无论是乘车、乘船还是履履踏行，无论是备好了言语还是只想静默，通通都无法阻止彼此心意相通。只是想单纯地爱你，知道你一切都安好，那就是最好的结局。

在认识到爱还无法超越肉身强烈的欲望时，我们可以相敬如宾，为彼此保有一份纯净的启示，这是对真爱的保护，珍爱彼此在生命中那份光明的出现。但无论最终彼此相守或分离，这份爱，终会以清澈、喜悦和感恩得以长存于心，彼此日后可能面临的种种际遇、种种挣扎，都会化作最柔软人心的记忆，在触摸胸膛的那一刹那，是无限的温热，充满力量，足以呵护一生。这难道不就是彼此相爱的意义吗？

祖母离开我已经很多年了，但每当我想起她最后和我相视的脸庞，我都有一种无言的悲痛，那是只有我和她才能知晓的情谊。那时，祖母身患重病，弥留之际，我从外地赶回家乡，她总和我说自己的生命已经不会长久，渴望我留在家乡陪伴她度过余生。只可惜，那时候的我不懂如何去爱，我自知自己内心充满对她深刻的爱，她的生命比我自己还重要，最终我才明了在这个人世间：学会爱比爱本身更重要。我无法理解她为何如此绝望和悲伤，我也无法理解她的生命会最终走向终结。那是不属于青涩年纪里我所能理解和洞见的内心实相。

记得那一天，她送我离开，只在家门口停留。她微微笑着，可我却发现她满眼里全是通红，那双爬满筋脉的双手无力地握住我年轻的手。我拥抱她瘦弱的身躯，渴望给她力量，给她活下去的希望，好等我回来，可心中却有隐隐的痛。随着年岁增长，我如今才懂得她当初的无可奈何。因为她知道，我这个年纪的人是无法理解一位经历过战争、骨肉分离的八旬老人，那霜鬓和皱纹下的内心单纯的渴望与希冀，索性放手让爱的人离去，算作她生命里最后的成全。我想那一天的分离，她的内心挣扎了整个夜晚，独自流泪，独自回忆一生的颠沛流离，独自劝说自己，无奈地放下，学会释怀。她是如此地敏感、无畏、敢爱敢恨、拼尽全力。

那是我与祖母最后的见面，再相见时，她留给我的是那不再鲜活的生命，一具瘦弱的尸体，再也无法睁开的双眼，还有从未有过的震撼和醒悟。她去世后的那些天，我常常独自看着窗外的落叶，那是初秋时节，后院的叶子被风刮落，我会呆呆地看着然后流下眼泪，我也会在夜晚独自在屋顶呆默着看星星，那片漆黑的夜晚，再也无法拥有她温柔的陪伴。我甚至在深夜醒来，强烈渴望她活过来，用我的生命去换回她的生命，无力挣扎，无可奈何，号叫、嘶喊都再也不起作用。而后，我不再挣扎，看着那颗被撕碎的心，赤裸的悲伤，充斥每一寸肌肤，然后任由时间之河流过，洗涤抚慰，让它蜕化成新的力量：成熟、理解、柔软和祝愿。祖母的爱陪伴我走下去，遇见更多的人，学会爱，给予爱，也许这就是此生她途经我生命的最大意义。

而后的生命里，我同样地经历人生不同阶段带来的聚散分离，那些微细又深邃的苦痛开始累积在我的内心深处，成为新的觉醒和力量时，我才开始懂了祖母一生的艰难，她沉默的泪水还有她的无可奈何。当我们懂得如何爱一个人的时候，我们就会懂得爱所有人，因为我们学会的不仅仅是对某个人具体的爱护，更是一种爱的能力。

我也常常领悟到，要了解一个人很简单，只需要看这个人的生活处境、周遭的亲友及当下交流的言语姿态，便能大致了解有关这个人的一切，但这些并不关乎爱。爱，是在理解的层面上滋养出来的，爱是懂得，而要懂一个人，则要去关注和理解这个人的一生。我爱祖母，虽然她离开这么久了，但她的一生我还是无法读尽，所以我对她的爱是有限的。每个人在不同的年龄都有不一样的经历和体悟，当我们拥有足够的接纳力、感受力及反省力，我们就能得到更多的对这个世界的理解。就像《圣经》中所说的："爱是恒久忍耐，又有恩慈；爱是不嫉妒；爱是不自夸，不张狂……凡事包容，凡事相信，凡事盼望，凡事忍耐。"

2

尊者说："最好的相处关系，是你爱别人的程度，胜于你需要别人的程度。”当我们不再祈求得到更多的爱，而只是去付出和给予时，我们的爱才算真正成熟的爱。当一个成熟的人给予爱时，他所给予的爱不带有任何附带条件：他只是给予。因为他本身是完整而独立的，他没有缺失。英国长篇小说作者福斯特曾有这样一段关于爱情的文字：“他不爱你，他不需要你思考，也不想你做真实的自己。但我爱你，即便拥你入怀的时候，我也希望你保存着自己的独立思考。”而小说的末章，福斯特用了充满哲理和预言的一句话：“爱与真理最终将帮助人类渡过一切难关。”保持独立思考以及不依赖的完整人格，对于真爱来说，是非常重要的。如果我们能保持着完整性，就不会因为坠入爱河而痛苦，你会知道在爱中如何爱及如何让人与人之间的关系达到和谐快乐，而不是拥有强烈的依赖感，两个自我的人，只存在战争，没有爱。

记得有一日，雨后的早晨，塔纳带我去了附近的山林，他喜欢独自走路，而我却喜欢独自静坐。和塔纳在一起，我总是很快乐，有很清澈的知足感。他会耐心而温柔地倾听我开口所说的任何言语，虽然沉默，但我能感受到他的内心对我有全然的关注及深切的祝福。我躺下来，看着天空和高耸的树木，还有阳光暖暖地照射整个大地和森林。塔纳突然开口问我：“你会永远在我生活的地方停留吗？”我心中突然惶恐起来，回答他：“不，我会回到自己的国家。”他沉默了，很快地，他依然开心地冲我笑，看着我的眼睛，然后看我能看见的天空。我喜欢他的沉默、他的笑容、他的柔软，还有他那颗睿智的心。我知道，他懂得什么是爱。爱，就是从不赋予他人任何负面的思绪，也能机智地在人与人交流相处的过程中充满理解，并丝毫不给予他人产生负面情绪的机会。情绪的产生总是很微妙，难以被察觉。只有时刻保持醒觉的人，才能保护好自己和他人的情绪，制造善意、和平而光明的交流与相处。

在我们谈到爱这个词时，会认为是爱情，或是人与人之间才存在的情感，但其实不然。清晨的山林里，猴妈妈在不断寻找食物给宝宝吃。它们的动作神情，像极了人类，是否让你感受到了源自生命最初的爱？爱，是源自生命最初的、与生俱来的能力。其实，我们在被赋予生命的那一刻，就注定拥有爱与慈悲的种子、和平与快乐的种子，这些种子埋藏在温润的土壤里，待我们去浇灌，去呵护。同样，心灵里还收藏着无数的种子，除了爱还有憎恶，除了快乐还有悲伤，而我们就是它们辛勤的园丁，每时每刻都在思想、言语和行为中让相应的那颗种子萌芽成长。为了收获那片最美的心灵花园，我们要学会剔除一些会让周围腐烂的杂草，拥抱可以散发阳光的花朵。奥维德在《变形记》中歌颂向日葵："她的根紧紧地束缚着她，但她总是向着太阳转动；她的外形已经改变，爱却永远不变。"

当你足够敏锐，还可以发现，真正的爱存在于当下，当下的万物之中，爱也可以被无限地扩展。壁炉里烤着火，窗外的行人匆匆忙忙，大雪飘扬，面对温暖的房间、通红的壁炉，这个时代的大部分人会认为这样的温暖和惬意来自大理石做成的壁炉，来自那些零散的木头，而忘记整片森林对我们的爱。小羊依偎在母羊的怀里是爱，燕儿飞向远方带给雏鸟食物是爱，看到受伤的生命心生怜悯是爱，树枝上的松果可以喂养小松鼠是爱，麦田的稻谷可以做成香香的米饭是爱，这一切一切都是爱，万物之爱，宇宙之爱，和谐之爱。有时候我们的心太小，只能装下眼前的人与事物，有时候我们的心又太大，容易看不见眼前。而我想，真正的爱是存在眼前又超越眼前的。在那些看见与看不见的因缘里，爱流动其中。

敬勇气

我家门前，有两株高大的四季桂，它们是陪伴我一起长大的，在我还几岁的时候，它们就被父亲种下，和我一般高。随着年岁增长，它们已经比我高出很多了，就像我如今已比祖母高出了许多一样。每到时节更替，桂树便换一次生成和陨落。一年的时间里，它们好像度过了漫长的四个春夏秋冬。

昨日初露头脚的花苞
经过一夜的风雨飘摇
它们都开出了白黄色的小花
香味弥漫整个庭院
还有吹落了一地的含苞花蕾
我伤感它们的命运，不能随顺生死的自然
也赞叹它们的勇气，能拼尽全力

在西藏康巴地区，出生的男子都被认为是勇气的化身，他们毫无惧怕的生命，却让他人畏惧。塔纳与我一起生活的时候，常常谈及自己的母亲，在他心中，母亲就有如西藏信仰里的女性之神，充满爱与勇气。但母亲离开他的时候，他才十八岁，那是他人生中最痛苦难熬的时刻，塔纳穷尽所有，为母亲做了七七四十九天的超度。

塔纳出生在西藏的偏远之地扎溪卡，也是最接近天堂的地方，被人们称为太阳部落，有着无比纯净的雪山。他回忆母亲还在世的时候，是当时村里最令人敬佩的女人。母亲在嫁给塔纳父亲之前，跟另一个男人生活在一起。她跟那个男人结婚的时候，塔纳的父亲才十岁。父亲说看着母亲嫁给了那个男人，看着她一次又一次地怀孕。也不知为什么，头两胎怀的都是双胞胎，但还没有等到生下来，第一对胎儿就死了；在后来的生活中，第二对男孩也在年少时去世。也就是说，母亲在生下塔纳第一个异父同母的大哥时，前面已经失去了四个孩子。

塔纳的母亲善良、温柔、无畏，在第一任丈夫去世后，便改嫁给了塔纳的父亲。父亲比母亲的年龄要小近十岁，母亲就把父亲当作弟弟，像对自己的孩子一样爱护。慢慢地，家里的兄弟姐妹多了起来，母亲改嫁前的儿女与如今新生的儿女加起来就有四个。因为家里贫穷，母亲承担了很多，不辞辛苦地日夜工作，还要照顾孩子们的饮食起居，但从不抱怨。当时村里常常有一些恶霸出来欺负人，但都不会欺负到塔纳的家庭，因为母亲勇敢，她能豁得出性命去保护自己的家庭、保护自己的孩子。（能豁得出性命的人，只会让他人心生畏惧，自己还有什么可以惧怕的呢？）

母亲虔诚善良，每日都要向佛菩萨做礼拜功课，即使是怀孕，对祈祷也不曾有过片刻的迟疑。那片土地的西藏乡村，时常大雪纷飞，夜里也是冷得出奇，但天空中月亮、繁星确实清晰可见，仿佛伸手就可以摘下一颗。乡里也不时地会有他乡骑马过来的旅人，途经此地，若是要借宿母亲的家，母亲都非常热心，把家里最好的酥油茶、糍粑和热牛奶拿出来供养旅人，还有最暖和的衣物，这些都是母亲自己都舍不得吃、舍不得用的东西，但母亲待每一个人都是如此用心，村里人都敬爱她、赞叹她。同样母亲也是家里的顶梁柱，如果母亲倒下了，整个家也就倒下了。母亲一生漂泊无依，经历过很多生死离别，年轻的丈夫和孩子早早过世，还有那在肚子里几个月的未出世的宝宝，也在悄无声息中滑落。但她却是最懂爱，也是爱得最多的女人，这些也都造就了母亲一直珍惜当下所有、珍惜生命可贵。母亲勇敢，因为她早已战胜了自己，战胜了命运的苦难。她的背脊是承担，是广大而深邃的付出，超越了苦与乐，这些都是生命里真正的勇气所在。虽然母亲离开塔纳这么多年，但她的灵魂却一直和他在一起。

真正的勇敢，是在体验悲伤之后诞生的温柔，是温柔之上的力量，无惧无畏却充满对世界的关怀。犹如在严寒的密林和荒野中新生的驯鹿，生命之初生长的头角，非常柔软开放，还附有白色的毛发，看起来无用又脆弱，就像美丽的玻璃一摔就碎。可幼小的驯鹿，生长速度超过了其他所有的动物，在两三天后，便能随着父母进行长达数百公里的大迁徙，在经历了严寒和劳途后，初生的鹿角逐渐蜕变，变得勇猛而有力。它从最初的温柔无畏，逐步开放，开放……开放成为一个真正的勇士。我们最终了悟，不再为一颗赤裸而温柔的内心感到羞涩，当心持续地真实敞开，战胜每一次恐惧，所有的感知都像泉水一般新鲜涌出，变成了对世界、对生命的柔软和热爱。

伯格曼说：“现在我只有一个要求，就是好好地活着。勇于献出生命，勇于接受生命，勇于为生命所伤，勇于感受生命之美。敬勇气，吾爱。”很多时候，我们遇到困境，自心里的温暖和爱就变得很无力、很脆弱，不堪一击。真正的爱需要很大的勇气、很大的坚定，去跨越成长的一个个栅栏，到达金刚心般不可摧毁的境界。趁着我们还有时间，活生生的此刻，还有愿力和精神。

印度寂天论师有一句话，大意是说：“如果有办法挽救，何须过于担心、用心，努力做就行了；如果已经无法挽救、改变，那么担心又有什么用?那只会加深痛苦罢了。”

此时此地，此时此刻

1

北方的冬天是萧冷的，整个大地像铁锈了一般的颜色，深褐色的枝干上，还有些苟延残喘的枯叶，舍不得飘零风中。再过些时日，就要下雪了吧，下雪了就好了，万物就会懂得，在大地的肌肤深处，为春天而埋藏的那些种子，在积雪的呵护下，正鲜活又了无声息地，开展着生命初始向上、突破重重阻碍的工作。冬天是蕴藏的时节，却也谋划着新生。

清晨，睡意蒙眬。缓缓睁开眼睛，感觉窗帘外透过缝隙的光，是很特别的白，不刺眼，却很温柔。江南小镇总是让人感觉活着就是灵动又缓慢的，想着母亲应该很早起床为我准备早餐，于是爬起身来，拉开窗帘，用力呼吸一口空气，从脸颊的肌肤到全身，每一个细胞都在苏醒，这是一个非常静谧而幸福的清晨。

在这里，人们时不时就聚在一起，茶余饭后，交谈些什么，可是大多数言语不是在遥远的过去，就是在充满未知的将来，人们好似总喜欢在不断地留恋和计划幸福中度过自己的生命。

• 还记得……时候，是多么快乐无忧。

• 如果没有……事情，也许现在会过得更加舒坦。

• 等……以后，就在……地方，和……人相伴，拥有着很幸福的模样。

我尝试着问过很多人："就在此刻，你幸福吗？"大部分人回答："也许在别人眼里我所拥有的是可以让我幸福的生活，可是我自己感觉并不是如此幸福，甚至我并不知道什么叫作幸福。"这让我想起电影《黄金时代》中，萧红先生提到鲁迅先生的一段话："说到幸福，只得面向过去，或者面向除了坟墓以外毫无任何希望的将来。"幸福真的那么悲凉又遥不可及吗？我们这一代人，是被时代推着前进的，来不及停留就被历史所淹没。我们的幸福，被琳琅满目的诱惑和机遇所掩盖，匆忙前行，生怕会失去什么、错过什么，于是我们把幸福丢给了回忆和将来。

午后，我走在山林的石板路上，徒步走回山下。我转过头一看，云雾之间映照的树叶层层叠叠、郁郁葱葱，树枝上落有一只猴子安静地栖息，此情此景，成了与大自然最灵美的合拍。生命与大自然，和平，美好，纯粹的简单，完全的谦卑，这不就是生命之爱吗？我停驻在那个时刻好长时间，融入其中成为自然的一分子。身边偶尔会走过几个人，他们低头走路，讨论着关于这座山的一切，这里的植被，有多少动物，当他们抬头看到这样的景色时，会说：“这座山的云雾很多，很好看，不过我们要快些前进才能在天黑之前赶到山顶。”我想这是否会造成生命的遗憾？人类拥有最聪明的头脑，可以智能地思考和采取行动，却在接受外部世界的时候选择了分析，而忘记了生命最初纯然的感受，就在每一个不属于过去和未来的当下。

当我们仰望天空，感受风儿轻轻吹拂过脸颊，听着树叶沙沙作响，能否只是单纯地看，看清事物的外在，也看清事物的内在，如果我们无法变得纯然和简单，想必是因为我们活在头脑和思考里太久，我们与大自然的距离，与生命的距离，开始慢慢拉长。

我曾经与一位智者交谈，我问他：“如何能像您一样宁静而幸福？”他回答说：“看到你所拥有的，而不是想要拥有的，你就会幸福。知足、珍惜与感恩，都在此刻发生，不在别处。”我始终记得这位智者当时谈话时的容颜，平和睿智。其实，在采集社会时期，“未来”和“过去”这个概念并不存在于人类的思考范围之内，当时的生存条件不允许他们关注未来或沉浸过去，他们的食物不是按需种植，而是野生野长的食物，生存环境充满了不确定性，随时可能遇到生命危险和威胁。那时，人类有的只有生命、生存和当下的每一天，过好每一天，就是过好了一辈子。

朱光潜先生终生恪守自己的座右铭——“此身、此时、此地”。此身，是说凡此身应该做而且能够做的事，决不推诿给别人；此时，是说凡此时应该做而且能够做的事，决不推延到将来；此地，是说凡此地应该做而且能够做的事，决不等待想象中更好的境地。

■ 关于当下

美国机能主义心理学家詹姆斯创造出“意识流”（stream of consciousness）这个词用来表示意识的流动特性，强调了思维的不间断性，即没有“空白”，始终在“流动”。他将每日的意识经验比作持续的流体，时而也会被临时打断和改变方向。詹姆斯说:“意识可以恰当地比喻成一条‘河流’或‘溪流’。”包括我们的思考、联想、记忆和梦境，都是不间断意识的流淌。也就是生命只能停留在思绪里，而不是纯然无选择的当下。

Your body is present，but your mind is deep in stream of consciousness.

（你的身体是在当下，但你的思想深深地处于意识的河流里。）

然而很多灵修大师及觉悟的智者打破了这种观点，发现了另一种真相。在单纯而简单的心灵状态里，意识流可以被截断、被观察、被控制，为我们所用。生命永恒的幸福并不在这个意识河流的概念里，大部分冥想及身心灵的疗愈，是通过引导意识的河流，使得其变得积极、光明、清澈、充满能量，进而正向地改变生命状态、指导生活。觉悟者则是跳出了意识的河流，也就是摆脱了过去和未来的思维幻想，发现了截断众流的状态，认识到一切事物的悖论同一，从本来无法控制的意识流中解脱出来，反过来利用意识的河流指导行动，得到了终极的自由和快乐。想起一则禅门故事：一位师父每天早晨都会给他的弟子们一番开示。某个清晨，他走上讲台正要开讲，一只小鸟飞到窗台唱起歌来，它唱得非常投入。待它唱完展翅飞去后，师父宣布："今天早上的开示到此结束。"

> 通过呼吸回到当下

在生命存活的每一刻，就没有停止过这件神圣而平凡的事情——呼吸。

当你找不到当下，感受不到当下，完全陷入了过去和未来的情绪与幻想之中时，让我们尝试着用力呼吸一口新鲜空气，让感受停留在鼻尖的位置，体会因为呼吸而带来的腹部的变化。

鼻尖的冷暖，

呼气时是暖的，吸气时是冷的。

呼气时肚子向内收紧，吸气时肚子向外扩张。

慢慢地，慢慢地练习和感受。

纯然地观察呼吸，把心带回家……

> 用声音回到当下

当你找不到当下，就安静地坐下来，身体保持安静平和，闭上眼睛，试着集中所有的注意力，用耳朵去倾听，窗外的汽车声、鸟叫声、窗户被风吹过的响声、冰箱的声音，一切当下你能听到的，试着全部找到它们，不分析不判别，全然地感受，全然地听，渐渐地你会找到当下的一切，缓缓睁开眼睛，安住片刻，把心带回家。

> 用触摸回到当下

当你找不到当下，就试着去触摸身边物品，床被的柔软，墙面的纹理；或喝一杯温水，触摸玻璃杯在你手心里的温度；或脱下厚实的鞋，赤脚行走在公园里，感受大地的坚实，感受小草被脚掠过的体验。纯然地感受身体与万物的接触，在周遭一切能被你触摸的物品中，渐渐让心回到当下。

当我们的心灵融入所处的时空，充满了无畏，没有主观，也没有主观所产生的偏见，我们的感受只是感受，我们的爱只是爱，我们的幸福没有幻想和期待，此时此刻，此时此地，你就会感受到那份来自生命的自由和快乐。

“当我细细看，呵！一棵荠花，开在篱墙边。”这是日本十七世纪俳句诗人松尾芭蕉写的诗。在一个偏远的乡村小路上，在一处无人注意的篱笆墙边，诗人发现了一朵白色的野花，静静地开放。这首诗很有禅宗当下的味道，一朵野花就是诗人心中那一刻圆满的宇宙，时间在此时被凝固，刹那成为永恒。

话语的力量

自小随祖母长大，她待我是极其温柔和耐心的，用那双爬满皱纹的大手，常常拥抱着我。而母亲性情率直，说话非常爽直，却常常让我感觉畏惧，有一种距离感，导致在很漫长的时间里，我都感觉和母亲没有很好地进行心灵沟通，记忆里，她很少抱我、夸奖我或者亲吻我。父亲刚柔并济、宽严有度，童年最喜他抱着我在空中飞舞，用胡须扎我的脸颊，他常常说，我是他的开心果。

语言所具有的力量，可以让人心生温暖，也可以让人感觉寒凉。但所有的语言表达，其实都来自内在的起心动念，若谈话时快言快语，也难免会夹杂很多习性，往往刀子嘴豆腐心，违背自己的本意。若想要言语既不伤害他人，又不违背自己的心，就要有所觉知，觉知自己脱口而出之前的心念，觉知他人不可僭越的底线和需求。

姐姐是一个非常温柔的女子，自小讨人喜欢，说话从不伤人。而我自小性格爽直，有些像男孩子，遇到亲友团聚，看到姐姐总是左右逢源，心里很不满，觉得姐姐与他人谈话，都是恭维、迎合、赞美，而隐藏自己真实的想法。长大后，才渐渐明白，那样的温柔是一种关怀和爱，是心智成熟的表现，而不是一味地表达自己的情绪，不顾及他人的感受。

年少时，我们常常会犯错，然后不断地反省和改变，过程成为一条自我试炼的道路。冲动、莽撞、刚硬、发脾气、后悔、流泪、隔阂、悲伤、不被理解、不去理解，这些生命里滋长的恶性情绪和负面表达，当我们回头看时，它们好像只是一种回忆，但却逐渐沉淀在我们的潜意识里，造成或多或少人格上的残缺，一旦业力成熟，情景再现，我们还会被其所害，脱不开情绪的牢笼，伤人也伤己。

所以，我们有时候需要回忆，回到那些让我们感觉心有所僵硬的情景，试着透过回忆了解到自己的习性，然后转化它，净化它，也试着忏悔当时对自己和他人造成的烦恼，如此才能逐渐减少或停止潜在内心的恶性循环，清净习气的种子。这个过程也会累积、增长我们的福德，让我们成为一个更美好的人。

语言不仅仅有温柔的，有时可能为了爱，也会有严厉的呵斥，就像父母对孩子的教育、上师对弟子的引导，都有很多种方式去传递。并不是所有的美言都有其正面的价值，我们需要时刻保持清明、反观自己。那些附和、夸赞、奉承的语言，也许正让我们沉醉在一个巨大的幻想中，建构起一个虚假的自我认同，一旦幻想破灭，就会感觉空虚、失落，如漂泊的浮萍那般无力。

有时候，那些听起来让我们感觉尴尬、失控、挑战的语言，却可能是最有价值的。在不断粉碎自我的过程中，体会身体每个细胞都充满难堪的痛苦，但也正因为这些语言，才会让我们看到自己的偏执，在凌乱和慌忙中，逐渐重构起心灵的和谐，净化业的负面情绪。而这一切，都需要我们独自去体会、去完成，任何人都无法替代。因而，感恩每一次他人的言语对待，终会成为自我升华的恩典。

当你思考生活的时候，思考生命的时候，心的敏感和静寂，会带来广阔的感知力和包容，而当你经历越多，越加成长，内心的包容越会逐渐扩大，形成我们心的空间。这和年龄无关，和心体验事物时的穿透性有关。在我们的心的空间里，可以自由生长：想象、觉知、勇气、爱、忧伤、希望、痛苦、悲悯、孤独……它们是鲜活的生命来源。

孤月，离别

宇宙与万物如同空中的云一样稍纵即逝，众生的生死就像壮观的舞蹈和戏剧。我们的生命就像闪电或萤火虫短暂的亮光，有如高崖瀑布湍急的水流，匆匆滑逝。

——悉达多

1. 生命无常

清晨薄雾，此时的季节已入深冬，北方尤其显得萧瑟冷凉。窗外积雪在阳光下闪着光，却无法融化。当下是那么安静，安静到可以感受血脉的温度。穿上毛衣和外套，趁阳光还暖和，天空还蔚蓝，去大自然中感受这季节的更替所带来的静默和喜悦。阳光透过树林的空隙，伴随着雾气，就像一层流动的白纱衣，在枯黄的树叶上，闪着光，飘动……深呼一口气，微微凉，从鼻孔，到喉口，到腹部的起伏，都那么真实，在新的一天里，生命就在深刻的存在里苏醒。

每当举步维艰的时候，每当面对循环往复的日子时，我都会感到世界瞬息的变化，会让死亡在某一个转角出现在你我面前，令人措手不及。哲学家爱比克泰德在他的《语录》中写道："亲吻你的小孩时说一句：明天你就会死，有什么害处呢？"大多数人看到他的话感到很恐惧，会认为爱比克泰德是一个诅咒者或是悲观者。然而莱特州立大学哲学教授威廉欧文（William Irvine）却认为斯多葛主义者领悟到死亡的可能性，可能会真正使我们生活得更快乐，并谈及："你要让你自己有那一闪一闪的想法，就是你总有一天会死，而你爱的人也总有一天会死。我试过了，真的很有力量。"思考死亡会让人更加懂得珍惜和感恩，而教育死亡则会让人更懂得如何面对生活。当我们开始进入省思，会意识到那个真相：我们所拥有的亲人、健康、皮肤、荣誉乃至身上的一丝头发最终都要还给宇宙，回归大地母亲的怀抱，我们其实从未拥有过什么，除了心灵的温度与对生命的无悔。

在我的童年及少年时代，参加过许多亲人的葬礼，看到那些消瘦的尸体出现在眼前，感受他们被迫从生活中悄然抽离，而默默消失在这个世界。也许他们生前和许多人一样拥有过令人骄傲的成绩和殊荣，曾经也年纪轻轻，带着笑容并满怀梦想，但面对老去或是死亡，面对突然的意外，大多数人是不快乐的，或者来不及回顾生命，或者回首一生时充满了遗憾和悔恨。

祖母出生在烟雨蒙蒙的江南村庄，她在那里度过了童年、少年，经历了婚姻和晚年时光，享年八十七岁。和祖母在一起的日子，让我体会到生活的幸福是如此微细、平凡与质朴，她身上烙印着时间与历史的洪流，一生波折辛劳，却待我犹如繁星般明亮清澈，也是祖母让我明白，爱一个人并被这个人所爱是多么幸运的缘分。儿时，祖母常常带我布施穷苦人，教我做一个善良的人，学习因果的道理。她离世后，我好多次一个人来她坟前祭奠，夏天的山野绿林葱葱，一路上鸟雀飞翔，还有瀑布、雏菊、蝴蝶、溪水，四时变更，春生夏长秋收冬藏，那里还像祖母在世时一样。

一个人心性的成熟，会从另一个人的离去开始，正见的修习，会逐渐完善我们的人格，也让我们在面对命运无常时，开始接受这个世界所有的发生，保持一种宁静的达观，无论好坏，无论对错，都能理解和接受，并从中滋长善意、平和、乐观的力量。心理学先驱卡尔·罗杰斯在描述他观察的世界时说："当我看着日落时，我不会说，右角的橙色再柔化一点，云彩的颜色再紫一点。我不会尝试控制日落，只是带着敬畏看它。我最满足的经历之一，就是像欣赏日落般完全地欣赏一个人。"

我常常自问：为什么一切都会变呢？只得到一个答案：那就是生命，一切都无常。佛陀说："我们的存在就像秋天的云那么短暂，看着众生的生死就像看着舞步，生命时光就像空中闪电，就像急流冲下山脊，匆匆滑逝。"

2. 回忆死亡

窗外的竹林被风吹得沙沙作响，天空的云阴阴沉沉，远处山与山相互保持着矜持，又彼此紧密贴合着，风儿从山谷那头吹送到了窗前，到处都是鸟儿、昆虫等小动物们在安静地活动，这是一个秋日的早晨，天气倒是凉爽，只是好像要下雨似的。此时，从山那头的小路上，缓缓传来了喇叭的吹唱，越来越清晰。那是我不能再熟悉的声音了，探出脑袋，眼睛眺望远处的群山脚下，穿着白色麻布衣的一群人，抬着结实的长方形木匣子，从山头那边的拐角处一个两个缓缓地走了出来。戴着白色纸帽的人，向路的两边撒着纸钱，那些印着拙劣花纹的纸钱在山谷吹下的风中，飘扬，飘扬，随着喇叭声、风声、人们的心声，飘向了一个无人知晓的地方……

这是在我童年时期，就常常经历的有关死亡的场景，各种各样的死亡出现在我的生命之中，让我得以警醒。在我们的村庄，邻近的村庄，常常伴随着老人去世的消息。那些纷纷离世的老人，大多是祖母的老朋友，感觉前些天还和祖母前去探望，用满是筋脉且温柔的双手，拿出零食递给我的那微笑着的和蔼可亲的老人们，再也不会见到了。

在我记忆深处，他们都有一个相同的特征，就是在昏暗的房间里，独自坐在床边，床底下是各种瓦罐储存着各种食物和旧物。出了房间就是泥土地的大厅，空旷无人。除了几把用竹子做成的椅子，就是高脚的饭桌，长条的木椅，大厅中央的台面上，摆放着他们祖先的照片和一座嘀嗒嘀嗒摇摆的老式时钟。除此之外，再没有其他。老人的儿女大多离开了家，建立了新家，要么就是去城里找到了工作，留在了城里。很多时候，乡村老人的离开是孤独而苦痛的，随着现在城市化的加快，这些还留在乡村的大多都是留守老人，如果老伴先离开了人世，自己也不会有太多存世的想法，不久便也跟着去了。

祖父离开时，我记得那个房间所有的摆设，我如今还清晰地记得，他的床，以及床头瓦罐里的那些水果。我想起祖父时，只能记得他模糊的脸庞，那个军绿色看似很暖和的帽子，还有他经常把手伸进床头的一个瓦罐里，给我拿出的香甜的梨子。我的记忆深处，每个阶段，都有死亡的出现。

还有时常出现在江南小镇的乞丐，患有精神病的女人和男人。白天他们路过我家，讨要饭食，祖母就拉着我的小手，把小一些的食物送到我的手里，教我如何给予他人，大一些的食物祖母则自己递给他们。要是夜晚他们敲门，祖母会盛出晚上留下的米饭和菜送到他们手中。如果恰逢祖母和父母都不在家，遇到他们敲门，我自己会有些许害怕，因为他们大多披散着头发，但我依然会小心翼翼地到厨房拿出食物，从锁着的铁门缝中，递到他们手里。祖母这一生，有什么都是会尽力给予的，她也常常告诉我，自己一生艰难，十分理解战争、饥饿、严寒和贫穷的苦楚，帮助他人就是帮助自己，好人会有好报的。这是她朴实的价值观，影响着我的一生。

关于一个精神疯癫女人的死亡，我至今都记忆犹新。没有人知道她的名字，她来自哪里，她的丈夫是谁。女人每日都会在我家前院外的一处竹林里低身寻找可以吃的食物，然后自言自语，或独自谩骂着什么，从她出现的第一天，我就注意到了她。夜晚我出于好奇，还会偷偷待在一个可以望见竹林的角落，静静地偷看她寻找食物的动作。她除了寻找食物以外，就是一个人走在马路上，傻傻痴痴。我注意她很多时日了，有时她走在马路上时，我还会故意地走在马路的对面，和她同行，她却从来没有注意过我这个小孩。

那个夜晚，空气静得出奇，窗外山川在轻柔月光的照耀下，留下的剪影异常美丽，月亮早早爬上了云端，待在了属于自己的天堂。离家门不远处，开始出现阵阵警车的声音，骚动起来的是不安。越来越多的车在马路中央停了下来，庭院后的马路上，零散着一具血肉模糊的尸体，被无数的车辆轧过后，才被人发现这是一场车祸，零零散散的尸体，被强烈车灯照得只剩下一团一团的影子，早就分不清哪些是手，哪些是脚。我心头猛地一震，意识到是她，那个女人。人群开始绕着车灯围成一团，大家都以为是她犯了疯，不小心撞到了车。几乎没有人以为她可能是故意的，可我却有这样的假设，也许是她太苦了，半清醒中不想再活下去，所以在马路中央安静躺着，看头顶月亮所在的天堂，想去。人们并没有太多讨论，关于她死亡的种种缘由，只依稀听见有人说道她来自不远的一个村庄，丈夫经常打她，她还有过孩子，不知道是不是死了，反正她最后是疯了。在人们心中，这只是一个无足轻重的生命，可对于我，却像失去了一个好朋友，那个夜晚，让我终生难忘。

死亡是真实存在的，它会刺破所有的幻想、尊严、虚荣、地位、名誉，曾经我们所有执着的东西都不再重要，置身在医院中的病人，只能关注自我存在的肉体感知。血、尿液、疼痛的位置、针管输入与吸出的液体……你的生命，你不能自已。生命的无奈在于我们从不对它加以裁剪，却依然无息破损。

我也经历过许多在面对死亡时，处理得非常智慧的家庭。卓玛，她放弃了近半年所有的工作安排，回国陪伴已经得了癌症的阿爸，保持乐观，之后的几个月她竭尽心力和母亲一起照顾阿爸。在阿爸临终期间，根据藏族人的习俗，家里会邀请很多喇嘛念诵经文，做祈祷，平日则布施物品或钱财给需要的人，为父亲积累善业。因为在藏族人的观念中，人的肉体会消失，灵魂却会一直存在，因而对亲人最好的临终关怀，就是为他此生积累善业和福德。

最终阿爸还是去世了，她和母亲带着阿爸的骨灰前往圣地，进行四十九天的朝拜，我去往拉萨与她们汇合，一起为阿爸朝圣祈福。阿妈很平静，没有喧闹，没有哭喊，不怕路途艰辛，依旧保持乐观，她们也相信，阿爸的灵魂正陪伴着她们一起朝圣，只有保持乐观，灵魂才能足够轻盈。死亡带来的并不只是悲伤，还有存在于生命真谛中的某种很美的东西，例如爱、永恒和超越。阿爸的骨灰撒在长满野花的岩石下，撒在雪山融化后的清澈河流之中，撒在蓝天下秃鹰飞过的地方，撒在所有积累了智慧和善业的圣地……

3. 死亡的练习

《庄子·至乐》篇有言："人之生也，与忧惧生。寿者惛惛，久忧不死。何苦也！其为形也，亦远矣！"我们不知道什么时候会死，以及在什么情况中死亡，这些事情都是我们无法预料的。死亡是一个沉重的话题，却又是我们不能逃避，必须勇敢面对且正视的。

现代社会，有两种对待死亡的态度。有一种人觉得讨论死亡太没有意义，不过是毁灭和失去一切，而且容易让人感到消极，不吉祥。还有一种人，谈到死亡毫不在乎，有轻率的想法，他们觉得每个人都会死，死有什么可怕呢，没有丝毫想要去了解死亡以及临终时应该有所准备的想法。这两种态度，都不了解死亡的真正含义。我们重视生，而不思考死，但死亡一旦来到自己头上，则会不知所措，周围的亲友也都不知如何对待一个临终的病人，造成的压抑、恐惧、悲伤、悔恨，无人理解，无人诉说，种种滋味，只有临终者冷暖自知。

对于濒临死亡的人来说，精神上的关怀比物质更能帮助他们解脱痛苦。也唯有对精神的了解和学习，才能真正帮助我们面对死亡。根据临终医学研究，临终者普遍会拥有八种恐惧：

1.面对无法控制的痛，恐惧越来越强

2.恐惧受苦

3.恐惧尊严荡然无存

4.恐惧要依赖他人

5.恐惧这辈子所过的生活毫无意义

6.恐惧离开所爱的人

7.恐惧失去控制

8.恐惧失去他人的尊敬

越逃避，情绪越强大，迈向死亡让临终者带出许多压抑的情绪：忧伤、麻木、罪恶感，甚至嫉妒那些身体仍然健康的人。当临终者为这些情绪生气的时候，帮助他不要压抑。当痛苦和悲伤的波浪爆发时，要与他们共同承担、接受，时间和耐心地了解，会让情绪慢慢退去。

乔布斯在遗言中说："我生前赢得的所有财富我都无法带走，能带走的只有记忆中沉淀下来的纯真的感动以及和物质无关的爱和情感，它们无法否认也不会自己消失，它们才是人生真正的财富。"正面认识死亡，会让人更清醒地懂得如何去生活，如何去爱人，死亡会让我们得到对生活最珍贵的领悟，就是那份纯真的爱与感动。

除了对临终者的理解和关怀，更重要的是允许爱人去世，面对临终者表达真诚的爱与悲心，试着对他们传达："我就在这里陪你，我爱你。你将要去世，死亡是正常的事情。我希望你可以留下来陪我，但我不要你再受更多的苦。我们相处的日子已经够了，我将会永远珍惜。现在请不要再执着生命，放下，我无比诚恳地允许你去世。你并不孤独，现在乃至永远，你拥有我全部的爱。"

我们每个人都将成为临终者，对死亡的正确认识，不仅可以帮助亲友爱人度过生命最终的时刻，更多的是可以帮助自己。太阳朝升暮落，月亮阴晴圆缺，海水潮涨潮退，四季冬去春来，它们都是一个又一个的生命周期。新生和死亡存在于万物之中，存在于每时每刻。城市的满天星辰，在太阳落下后隐隐出现，美丽而繁华。曾经生活在远古的初民，感觉到黑夜的来临，会认为是太阳的死亡与末日的到来，而面对第二天清晨缓缓升起的东方之光，同样会以为那是新的太阳，是生命的重生。

日本电影《禅》（*Zen*）中，一位妇女抱着死亡的孩子，来到禅师面前，祈求用佛法拯救。禅师说：“你到镇上去询问，从来没有死过人的家中，向他们要一些芥菜籽。”这个女人每家每户地询问，都无法找到没有死亡出现的家庭，她抱着孩子，绝望而孤独地走在田间，那刻仿佛领悟到了什么。死亡是生命的一部分，唯有接受死亡，生命才能放松下来，不再恐惧和分裂。生与死，苦与乐，黑夜与天明，海水与火焰，都是平衡和谐的舞蹈，突破二元对立，接纳所有可能性，我们的生命才能走向完整、圆满。

我和很多灵修老师与智者也交流过如何面对死亡的话题，他们都认为死亡的无常和不确定性，让练习死亡显得尤为重要。其中包括以下几点：

1.时刻告诉自己，死亡随时都可能降临，用心珍惜每一天。

2.觉知万物，花朵、落叶、蝴蝶、昆虫、四季、星辰，它们的变化、出生和死亡。让死亡在心里变成自然而平常的事，消除自己对死亡的恐惧。

3.凡做事待人，要真挚、温暖、善良、有始有终，不留下任何遗憾。

4.了解死亡时我们会遭遇的情景，通过看书或修持，或向有经验的老师请教。

5.到墓地或医院，感受死亡，探索生命的真理。

试着去让每一天都成为我们死亡和新生的练习。随着太阳的东升，在一天开始之际，感受万物的存在与美，欢喜地面对事物，遇到的每个人都是新鲜的，对世界保持热情，享受生命的每一刻。随着日暮来临，在一天结束之际，放下所有的知识、经验、计划，终结我们所有的依附，认真爱自己，爱身边的人，认真地活在当下，以平静心对待。当我们意识到，我们的生命就像花朵、雨滴、落叶和南瓜子一样，出生、成长、老化和死亡，我们才可能真正存在，存在于那个没有时间、没有对立、没有悔恨、没有担忧的当下。如此，每一天都成了生命里最弥足珍贵的伊始。

我问大自然："生命的每一天，要如何活着？"

大自然说："你看，那棵树上的果儿，落了一地。曾经，当它要开花的时候，它就开花，当它要结果的时候，它就结果，当它要回归大地的时候，它就回归大地。它从未有过幻想、期待、匆促和回头，它只是认真地存在着，体会因缘的变化，跟随着自然的法则，带着对世界最大的敬意和谦卑，无悔地存在。"

咖啡，沙拉

冬天，梅花开了，我在花店停留了很长时间。我一直喜欢家里有鲜花，那会让我感觉到温暖和陪伴。平日在家除了阅读、写作，也会按时出门行走，路旁的红、白茶花已经开得很美，如果碰到下雨天，白茶花上的雨滴，犹如净水渗透。

近日，一位很敬重的长辈约我喝咖啡，期间我们聊了许多话题。在我心中，他是一位修行很好，并具有仁爱之心的人，待我如父如兄，我亦待他如家人一样。他谈话很缓慢、温和、诚挚，会顾及周边的行人、坐客。

他说，有时候为了别人，我们也要放下正确的知见，人生经历的风风雨雨，回头看过来，痛苦都是养料和恩典，是为了滋长我们的性灵；走到今天，已经没有任何物质可以吸引自己想去拥有了，我早已过了那个人生阶段。

我们不用为了迎合世界和他人而刻意去表现自己好的状态，没有什么比真实本身更重要。

一件事情，你可以想得很纯粹很简单，也可以想得很扭曲很复杂，这取决于我们如何看待，因为我们的灵魂本具一切的深邃与明净。

谈到爱与悲心，他坦述因为自己深刻经历过心的多个面向，快乐、悲伤、痛苦、忧愁……并从中找到了解脱的方法，可以走出来，到觉醒，所以在将来，如果遇到有缘，会放下自己，完全投入地体会对方，尽力去帮助。

我心里清明，以他现有的条件，如果不是因为一份愿力、善的事业，他的生活会比庄子还要逍遥，可是他选择了艰难的道路，去燃烧自己。认识的人，对他都十分尊重、爱戴，他从不因此抬高自己，因为他知道生命所能真正拥有的，是清净、平等的爱与觉性。

困境是养料和恩典

小达说，父亲生病住院，姐姐和侄子也在医院，即将手术，却无钱医治，生老病死，生命里这些宏大的思考，落在了点滴现实上，是难忍的苦，只求无常早日将一切结束。他是一位非常年轻的藏族朋友，我很难想象这样的年龄下如何承受家庭的种种艰难。我结识过很多藏族友人，他们身上的果敢、坚持以及对生命的思考是通过一次次真实的苦痛而领悟的。而我成长在改革开放后的独生子女时代，同龄人都是在安逸中成长，从小被父母呵护备至，我们读书、工作、结婚……几乎很少遇到让我们身心受创到思考死亡的事情，可是，少去深刻地思考这些存在我们生命里，终将无法避免的话题，这会是我们这一代的幸事吗？

友人的境遇提醒我不能忽视这样自然的生命浩劫，面对疾病，有人抗争，有人忍受，有人屈服，有人放弃。疾病的出现给了人们一种考验，无论如何，通过它我们都会对自身和人性有更多的理解，就像从没受过伤的牡蛎永远无法产出美丽洁白的珍珠。当一颗小沙粒进入牡蛎体内，它可能会生病甚至死亡，但当牡蛎能够治愈伤口，便能分泌出一层层闪亮的珍珠质覆盖在小沙粒的表面，日复一日，形成珍珠，尽管这要花上漫长的时间，但珍珠形成的那一天，光华璀璨。一切美好的出现都包含着某种非凡的品质。

困境是生命成长最好的养料和恩典，在某些时候我们的痛苦、错误、失败比一些所谓的正确、成功更有意义。在这个物质世界，万物都存在对立的两面：高低、冷暖、美丑、善恶……因而，悲伤使我们懂得什么是快乐，病痛使我们懂得珍惜健康，战乱使我们懂得和平美好，纠结不清的争吵使我们懂得冷静安宁。若不经历人间的纷纷扰扰、喧喧闹闹，又如何懂得心中的平淡、喜悦与富足。

真正的纯净，经得起染污

非经一番寒彻骨，哪得梅花扑鼻香。遇到洛桑特赫迈之前，我认为他和我所遇到大部分藏族青年一样，是极其普通的，但相处一段时间之后，他让我看到了很多优秀的品质，我曾如此描述过他："花开的时候，你就像那一抹高原的彩霞，宽广而细腻，洒向天国的女儿。"

小洛桑从十二岁开始就独自养活自己，在三百多名孩子中脱颖而出，被选拔为优秀舞者进行培养，从那时开始他就独自在外租房生活和工作。幼小时，父母就离开了他，他就像孤儿一样由爷爷奶奶照顾，但未及成年，爷爷就去世了。他伤心，抱着爷爷的骨灰行走了十一天，找到了要去的寺院，为爷爷做祈祷。还有一段刻骨铭心却最终失败的爱情。他在描述过往时，那么云淡风轻，却触动了我的心灵。他坚强而向往自由，时而冷静时而温柔。阳光洒落时，他的笑像花儿一样美好。虽然从小读经文，念诵古老的咒语，但仅二十三岁的洛桑特赫迈，喜欢流行音乐，喜欢热情不羁的舞蹈，上过央视，当过老师，也在酒吧跳舞，但他自己依然深刻地知道，如果内心没有爱，一切都会变得没有意义。

从洛桑身上，我感受到了真正的纯净，经得起染污，并在一定程度里越染污越纯净，像莲花的哲学，如果没有淤泥，就无法盛开它的洁净，这个世界处于二元对立中，作为大多数的普通人看到了对错、善恶、好坏、美丑，而真正有智慧的生命会看到合一，就像那些伟大的哲人、圣人。

洛桑总爱叫我老师，因为我是他英文的启蒙老师，在他们的习俗里，凡是教过他们知识或智慧的，都会尊敬如师，不分年龄。在我教洛桑英文的过程中，我把一首英文歌作为讲义教给了他，叫《宁静之声》（*The Sound of Slience*），里面有一句歌词：People talking without speaking，People hearing without listening，People writing songs that voices never share。宁静的声音，可以被听到，无声之声，是灵魂的歌唱。生命平凡如沙，在生命最深之处是宁静而纯真的，那才是存在真爱的地方，是人类力量的源泉。

平淡质朴为真

真诚地悲伤，真诚地温柔，
也真诚地面对自己。

一段日常

在咖啡厅一坐，就是好几个小时甚至一整天。我听着音乐，阅读十几页的书，安静地思考，观察行人，好像成了某种孤独的常态。收到信息，公司开会，需要前往，于是穿起大衣，戴上围巾，只留下那杯还没喝尽的咖啡……

每一次的开会，都像是家庭会议，温柔的鹅黄色灯光下，暖和的茶气飘散空气中。在正题开始前，大家总会陆续吃些小果，如酸梅、红枣、杏仁等。好像在咀嚼美食的过程中，人容易感到放松，而后能用渐渐敞开的心态各抒己见，直心传达，相互磨合，而后产生团队的默契。在过程中，因为意见不一，不能相互理解而产生争执，气氛开始浮动，我将视线转移到了墙壁、灯光、画、器物，我发现过去从未认真欣赏过这里的一切。这里设计得非常精心，墙角处两盆新进的牡丹花，在柔光下异常安静地盛开，显得尤为雍容典雅。

相信有一个内心美好的自己

当你凝望这个世界，凝望一朵花，凝望某一个景物或者某一个人，心中一片安宁、喜悦时，就是你内心美好的自己出现的时刻。《维摩诘经》云："若菩萨欲得净土，当净其心，随其心净，则国土净。"整个世界都是我们内心的投射，美丽与丑陋，纯净与肮脏，都来自我们心念的分别，超越二元对立的束缚，我们体验到绝对真理和智慧的本来面貌。

但，世间最难的是相信，相信自己内在有无限美好的潜能，让我们走向至善、博爱和拥有宽广的胸怀，如果我们无法全然地相信自己，也就无法相信他人，就像如果我们没有完整地认知自我，就很难去完整地认知世界和他人。

自己就是世界的根，真正地了解自己，是了解自己的感受：遇到什么事情，内心会起什么样的情绪，观察自己的内心，它是如何运作的，如何爱，如何烦恼，如何生起情绪，慢慢地了解自己。

友人送给我一幅绘画精美的唐卡《妙音天女》，问我是否喜欢，好不好看。我说好看，但鉴赏唐卡和鉴赏普通的绘画不同，却和鉴赏佛乐有异曲同工之处，不能流于简单世俗的好听或者好看，应该是一种心灵的契合。鉴赏唐卡最主要的是看比例和神态，好的唐卡，你一眼看过去，能感觉到法的庄严存在，尤其是佛菩萨的眼神，如对至尊，仿佛有一个灵在彼此之间相依相存，你会感觉到心灵有微微的颤动，甚至可以看到自己。

曲胜过直，忍胜过躁

互联网时代，友谊好像显得不那么珍贵了，也许是彼此相识得太过容易，微信推荐一下，朋友们聊一聊大致就能知道这个人是什么样子，至于持续深入的交流，就要看各自有没有那份心性，毕竟我们要把时间用在工作和社交媒体上，而不是全然地投入和倾心。

如今，我们也都习惯了以资源互换的方式交友，不再如远古的初民，赤子之心那样深刻。单纯的爱，好像越来越少了。但无论时代如何变化，交友应该注重情义，不在于朋友多，而在于彼此真心相待，像家人，也如知己。

当爱到达无我的时候，会融化所有的世俗边界，升华成为完整的悲心。我们既不能将其简单地定义为亲情、友情或者爱情，它不属于可以被定义的范畴，这样的爱，只能被感受，纯然地感受。

在这个不断需要被肯定、被定义的社会里，这样的爱珍贵稀有，但它也往往经不起恒久的打磨和考验。除非隐居山林深居简出，方能小心呵护，但如此又不是最上乘的办法，一旦业力成熟，面临考验，就很容易破玉为残。所以，若能体会到这份爱之珍贵的人，行走世间，不断在起心动念处保护它，抵挡世俗的箭雨来袭，过程往往成为冷暖自知的修行之路。

任何事物发展到极致，就从一端走向了另一端。从这个纬度来看，任何一端在本质上既没有区别也没有丝毫分离。我们无论身处哪一端，都来自相同的领悟与觉醒。

阿拉伯有这样一句谚语："沉默之树，结出安宁之果。"倘若我们能在群体之中保存沉默和倾听，我们就会从中感受到很多，用喧哗所不能感受到的东西，那些细腻、敏感地存在于每个个体之中的需求，都需要我们清醒地觉知，而不是急于回应。

阳光与眼泪

冬天，总让人们想贴近阳光，去苏醒每一个细胞，变得温暖。空气中，到处弥漫着冬天的味道。风儿吹落的片片红叶，让人感到孤寂而遗憾。在离家最近的星巴克，我点了杯咖啡坐下，窗外的树木还是那么绿，枫叶的红在阳光下显得格外美丽，这会让我渐渐忘记北方冬天的萧瑟冷凉，喜欢上江南的常青。也便自然想起书中描述，鲁迅先生家中的万年青，它一年四季都是这个样子，那不变的绿。城市里的每一天，总是那么繁忙。可在一天结束时，我们是否可以留给心灵一些清净的时间，与自己独处。或静坐，或祈祷，或忏悔，这三个课题对我们圆满人格的培养很重要，也是生命灵性成长中不可或缺的课题。静坐，使人变得清明、安详、智慧；祈祷，使人谦卑、柔软、充满温柔；忏悔，使人得到省思、清理、净化。

在这变化的世间，生命总存有太多的残缺，让我们不由地心生祈祷：如果花朵永远盛放而不凋零，多好；如果生命永远喜悦而没有烦忧，多好。因为这个世界充满着各种遗憾，祈祷便成了我们心底最纯真、最美好的人类行为。在那一刻里，心里是看见希望和光明的，心灵会因此逐步走向洁净，就像山间肆意开放的花朵，总是朝向最适宜的方向生长。爱的祈祷能唤醒万物本有的高灵性能量，只要我们真诚与相信，便能在这残缺的世间找到永恒的喜悦。

有人说不喜欢眼泪，觉得那太过柔弱。但眼泪不仅仅是苦涩，它也是干净透亮的。它生动鲜活，好似剔透的宝珠，谁珍藏了它，便珍藏了爱的种子。它能唤醒对生命的感受、内在的柔软，还有一种同体的慈悲。如果有一天，你不小心落泪了，不要抗拒，不要怀疑，那就是你生命中最敞开的时刻，最能接受爱和给予爱的时刻。

用平常心活在当下

仰之弥高，钻之弥坚……致无涯以静默，以索隐。

睡觉，散步，晒太阳，看雪……做让自己放松的事情，当你的心足够放松、足够纯净，你看到什么都会是美的。

任何时候我们都可以试着去感受一种泉涌般的慈悲之心，从内在升起，对铁茶壶、橡树、云朵、清洁工、便利店店员，甚至是海洋和天空本身，去升起生命自然的慈悲。

淅淅沥沥的小雨从天空中落下，一位花农拖着满车的花盆，走向槐树下避雨，白兰菊、茉莉、紫罗兰、落葵、迷迭香、薄荷……满车的花草在雨滴中从容绽放。花农面色清和，用有些许皱纹的大手整理着花盆，一些不能多受雨水的花，用白色透明塑料布盖了起来，其余则任由雨水的清凉在花草心中流淌，白色的茉莉花瓣透着雨滴，格外洁净雅致。花农放下木板车，脱下手套，露出了有些许皱纹的大手，转身走向了街旁的小卖部，买下了一块枣糕和一个馒头作为午餐。他安静地倚在小卖部的玻璃柜前，面朝街市，吃着手中的食物。路上行人匆匆，他偶尔看看雨，偶尔看着花，一颗自然而平常的心，活在当下。

波兰诗人切·米沃什在《礼物》中写道：“如此幸福的一天。雾一早就散了，我在花园里干活。蜂鸟停在忍冬花上。这世上没有一样东西我想占有。我知道没有一个人值得我羡慕……”当你发现世界上还有很多人，在悉心打理着花园，用花花草草装扮自己的家，创造出一方生机盎然的天地，看着每一片花瓣、草茎和叶片，因为时光的流转而呈现不同的美丽，一枝秋海棠，一朵雏菊，感受它们散发着不同的芳香，你就会发现这个世界还有很多温柔和感动。

觉知你的无意识

用清明的思绪活在当下，首先要觉知到我们的无意识，试想一下，我们是否或多或少会有这样的体验：当你走进厨房，看到彩色条纹的餐布，却突然忘了来厨房做什么。你呆呆地站在那里，脑子一片空白，于是开始思索："为什么我要来厨房？"直到热水烧开，发出隆隆的呼声，你才想起，自己是来准备面点的。我们为什么会常常处于无意识的状态而不自知？如何保持持续的清醒和觉知？是什么让我们和当下脱节？

事情太多了，刚才一直在看手机，电子邮件一个个弹出来，午餐吃得太饱，好想睡觉，活在自己幻想的世界里，工作压力大，焦躁，空气质量不好，雾霾好严重……

我们大部分时间都是在过去、未来交织的幻想中度过的，我们因为幻想而始终活在自己无意识的世界里，而不是当下的实相中。而过度的幻想与无意识会给我们身心带来什么危害呢？

无意识的危害：

脱离当下

注意力涣散

永远在做梦

影响决策和判断

活在自己的世界里

陷入情绪而不自知

无法关爱周遭的人、事、物

……

专注、觉知会带领我们看清头脑里无意识的幻想，情绪的乌云，一层层看到，一层层清理，从而带来更深层次的清明与觉醒。为了达到绵密的觉知，有很多种方法，包括静坐、观想、持咒、念经、歌唱等，但这些方法都基于我们对当下持续地观照与练习。

晒一晒太阳，觉知阳光在你脸颊的温度，觉知太阳日出东方的温暖、午后当头的浓烈、傍晚西下的残温；感受风儿吹过发丝，一阵一阵；听一听虫鸣鸟唱，让心如赤子般敞开，开展出宽广、平等、绵密的觉知力。

在日常生活中，我们同样可以不断培养觉知，例如：早晨起来，我们微微睁开眼睛，觉知呼吸时腹部的起伏；起床时抬起的脚；洗脸时毛巾与皮肤的接触，清水的温度；刷牙时牙齿和牙刷摩擦的声音；吃饭时米菜的味道；开车时车与地面行人的关系；独处时自己的心念；与人交流时自己的言语……慢慢地观照与练习，你将在生活中积累越来越多的觉知、越来越多的清明。

如果每一次觉知都代表一束光亮，那么圆满的觉知就会照亮整个宇宙。

平淡质朴为真

“竹外桃花三两枝，春江水暖鸭先知。蒌蒿满地芦芽短，正是河豚欲上时。”苏轼在惠崇时，看到竹外三两枝桃花，便描绘出一个生机盎然的春的天地。

时光流逝，苔痕累累，一切被珍视的都将流逝，在生与死的不断轮转中，我们会寻觅到一条通往永恒的道路。前些日子友人送来了一些菖蒲和苔藓，让我想起童年，记忆深处那满墙的爬山虎、古池旁的苔藓，湛然幽深，那是寂静的生命，生长在无人抵达处。王维曾写诗:“空山不见人，但闻人语响。返景入深林，复照青苔上。”暗绿色的青苔，充满了野趣和古朴，象征着时间的流逝和永恒的宁静。

三毛爱花，说自己“爱的是旷野上随着季节变化而生长的野花和那微风吹过大地的感动”。但生活在都市之中，只能在花市中买些切花来装饰环境，“对于离开泥土的鲜花，总觉得对它们产生一种疼惜又抱歉的心理，可还是要买的。这种对花的抱歉和喜悦，总也不能过分去分析它”。

偶然得一株百合，一棵萋萋的绿草，好似突然听到一声鸟啼，看到一帘花影，都能使我们从繁复的、消耗精力的工作中抽离出来，将一切的一切全部平息，得到一时的安静。

不要把他人带入你创造的情景之中，也不要让自己陷入情绪编织的故事之中，世界从来都是如其所示，而我们总是自以为是。

是非以不辩为解脱

每次去京都，只要好友W在，我们都会抽出时间聚一聚。早晨的阳光还没有那么热烈，我们在朝阳街角的咖啡厅坐下，时间让我们都改变了很多，各自也经历了很多人生的变迁。她一直想回英国，没能如愿，创业中断，与交往了多年的男友彻底分手，如今在金融企业工作，心中依然充满着对事业成功的渴望。面对彼此，我们和曾经一样赤诚，我问："你还好吗？家人朋友都还好吗？"她开心地笑了，笑容里含藏了很多无言的话语，然后很平和地回答："生活赋予我们的都是艰难，但每一个人都在各自的轨道里努力而坚强地前行，我们都很好，在成长。"

如果一个人把"自我"看得太大，那么他在面对事物时，就难以秉持清醒、客观的态度，任何事物在他面前，都会透过一双有"色"的眼睛，而失去它们原本的面目。

"春三月，此谓发陈，天地俱生，万物以荣，夜卧早起……"一位学中医的朋友，给我朗朗诵这段《黄帝内经》的文字，说："春天到了，你要记住这些话，平日不要熬夜，早些休息。"这些时日经常和他一起用餐，感知他内心很静寂、纯善，能很好地顾及周围朋友的身心状态。晚餐过后，阿姨从冰箱拿出水果，切好给我，但有些冰凉，不好即刻食下，于是我便把它搁置一旁，拿出水杯倒了些温水，准备混着水果吃，这样便觉得不会让身体太寒，这些过去很少考虑的饮食细节，因为朋友的不时提醒，好像显得重要起来了。

朋友是一位精进修行的佛子，这更让我感触。在不同行业里，带着慈心和智慧工作的人，会呈现出与凡俗不同的品质：无私、自然、观照、安静、无争、单纯……这些都是让世界更美好的珍宝。

任记忆流淌，一切依然如此鲜活

清晨，山间弥漫着白色的雾气，就像一层流动的纱衣。此时的季节，楼下的樱花、梨花、桃花已经开得烂漫，经过昨夜的一袭春雨，落花满地，让平凡的生活中多了一份诗情画意，我独自行走在这清香的空气中。

当内心安静下来的时候，会开展出很多正面的品质，清明与觉知会自然出现，心最微细的念头，也会被我们察觉、转化，慢慢变得清净。老子曾说："天下难事必作于易，天下大事必作于细。"慢下来，静下来，观心之微处，皆成品质。

唐代有一位著名的僧人船子和尚，始终飘然一舟，泛于松江，接送四方来客，他在《拨棹歌》中写道："别人只看采芙蓉，香气长粘绕指风。两岸映，一船红，何曾解染得虚空。静不须禅动即禅，断云孤鹤两萧然……"他在荡荡的流水、弥漫的荷香中悟出了动与静的禅理，悟出了"虚空"二字，春来绿江暖，夏季池塘莲香弥漫，秋去冬来叶飘零，在这变迁流转的天地间，无一物中无尽藏。

这些日子，时常半夜醒来，独自静坐，万籁俱寂，呼吸时空气的温度，窗外风吹树叶的声响，都清晰明了，没有什么可以念想，也没有什么要放下，好似重新活了一遍，身心清净。意识里白天的记忆慢慢苏醒，也都如同梦中之事。

几年前买来台湾省出版的《崇高之心》，很认真地看完。今日重新翻开，读到书中的几段话，便写下来分享：

• 虽然我们或许没有直接见面，但是我们不需要在心理上觉得彼此距离遥远。我们对彼此的关爱，就能够让我们保持亲近。

• 任何事都有可能，因为所有的一切都是依于恰当的因缘聚合而出现。

• 永续的悲心，珍视自己和他人。

日光无常，愿珍惜当下，快乐无忧

喜欢清晨与深夜，独自于禅堂静坐，心如明镜，映照万物。晨时的静带来东方太阳的苏醒，夜的静使得天地一时澄明。心性的休息，是对幻象的超越。

初夏的季节，墨绿色的柳枝里，还点缀着鹅黄的嫩芽，鸟儿们相继歌唱，我独自于林间漫步，流水淙淙，道旁无人，一朵马兰花开了又落下，无人注意这朵白色的小花，它没有娇艳的颜色，没有浓烈的芳香，没有羞涩，也没有掩藏，仿佛无心争国色，自性却也莫能伤。

试着与植物进行有默契的、有爱的交流，当你把心念与情绪敞开，倾吐给草木山河时，它们会将你的安宁与幸福接收并再次散发出来。整个过程，就像花朵在夜里的呼吸一样，寂静、清柔、有力，且富有仪式感。大自然每一天都在说话，只是我们没有时间倾听。

黑塞说:“当一个人以孩子般单纯而无所希求的目光去观看，这个世界是如此美好：夜空的月轮和星辰很美，小溪、海滩、森林和岩石，山羊和金龟子，花儿与蝴蝶都很美。当一个人能够如此单纯，如此觉醒，如此专注于当下，毫无疑虑地走过这个世界，生命真是一件赏心乐事。”

有些事情，只有闭上眼睛才能看得清……愿一切僵硬都苏醒，一切分离都凝聚，一切目光都温暖人心，永远相信爱，也永远永远不要忘记。

马蒂厄说：“当人循着一条山路走时，只消走错一步就会滚下山坡。”注意力和机警，就是精神生活帮助我们开发的基本品质。理想的境界乃是同时完善的既宁静又警觉。

观心之微处

如果生命只剩下此刻，你做好准备了吗？

想租一套有百叶窗的旧房子，在山里，自己开垦土地，像父亲那样门前种些梨树、桃树，编葡萄藤，待春天来临，抚摸满树盛开的花朵，飘来清香，夏天观看渐渐熟透的果实，秋天躺在落叶上，和风一起飞翔，看万物繁盛衰落，觉天地宇宙之真理。

很多心事，不一定要找人诉说，就像很多误解，不一定要全部解释，学会沉默，让一切随风消逝。在无常的世界里，庄严起一份生命赋予的恩典，沉淀起一片如如不动的大地。

我们应该不断地检视自己，曾经有多少次失去了对自己的觉知，又有多少次试着彻底地、真诚地连接我们的心，在不断自我检视、提问的过程中，逐渐回到心的清明与觉知，然后在无造作的心的状态中，安住片刻。

当我们面临一个岔路口时，要清晰明了自己的处境、位置和方向，路程是否艰难不重要，看清方向更为重要。

生命每一刻都在开始，也在结束。

作家席慕蓉曾经写过一位女子：在敬爱的老教授病重时，女子连夜运了一缸含苞的荷花去他院中，希望老者在进入医院前还能看见花开。后来她从报上看到长者辞世的报道，想到无数问题都不可能再得到解答，何况只是一朵微不足道的花呢？直到五年以后，她竟收到教授生前托学生转来的礼物，专为告诉她，荷花开了，他看见了。在那个夏天的夜晚，她那样全心全意地护持着一朵荷，也许只是为着自己所敬爱的长者，在生命弥留之际，还能感受到一份花开的温暖。

窗前眺望，远处的山脉积雪覆盖，阴霾的天空中又下起了小雨，我穿起冬天的大衣，出门前停驻在窗前，久久地观望，远山沉稳，雨中显得十分豁达。我喜欢在这样的天气出门漫步，直至山脚，看看路旁盛放的野花和野草，在雨中尤为孤寂、朴质、圣洁。道路上行人越来越少，人们都在屋里和家人一起烤着炭火，屋外一片寒冷，屋内则一片祥和之气。

心，才是故乡

每到傍晚时分，静修中心都会有位穿着藏族服装的老人出来绕行佛塔，右手拄着拐杖，左手握着长长的佛珠，步履轻盈，独自念诵经咒，天空阴霾，云层之上透露着光芒。很多次遇见她，心间有暖意也备受感动。我知道终有一天，自己也会同她一样变老，却无法预料是否能如她那样生活：有所相信，坚定专注，心念净土。想起黑塞曾说："我从来不曾把一个人具有何种信仰视为最重要的东西，我以为最重要的是他毕竟是一个有信仰的人。"

当我们在一段关系或者一件事中，感到踟蹰犹疑、无法前进的时候，不妨试着退出来，看一看海阔天空。有时候坚持会让我们变得更强大，但有时候放手才会让我们更有力量。

儿时在家，常有友人来访，送父亲字画，那时并不懂如何欣赏，如今再看到很多书画作品，却渐渐能体会写字之人的心境。尤为喜欢书法中活泼洒脱的韵律，宁静中有灵动，含蓄中有豪情，击空明，溯流光，演绎着生命的狂舞。

睡前，点亮一盏酥油灯，让祈祷与光明从内心真实流出，愿所有美好终会成熟。西藏伟大的精神之母康卓慈玲·秋珑曾说:“如果你真有善心，发心也纯正，然后为某个人祈祷，那么祈祷的力量将会很大。因此，你要有信心，以真爱和诚意祈祷。”

共舞，流动

有一天，读到僧璨大师的信心铭："莫逐有缘，勿住空忍。一种平怀，泯然自尽。"好像听到河船上传出的琴音，不紧不松，如此优美。

要过许久才能明白，爱一个人是件自然而简单的事，它不是为了满足自己的私欲，填补灵魂的空白虚无，亦不是标榜身份的精神象征，爱是生命的选择，是信仰，是心海里淌光飘落的叶子，会接纳、沉淀、分解、流动……

牛头法融禅师修行时，相传他日日于山中打坐，心中没有任何杂念，对生灵不存有任何伤害之心，便有百鸟衔花来供养他，因为他，那座山成了散发灵魂香味的地方。

旅行，真正能带给我们的往往不是异国他乡的饰品和美食，而是心灵的敞开。独行穿过不同的城市，遇见不同的人群，我们愿意在生命的那刻，与一个陌生人毫无芥蒂，分享时光，交换记忆，互诉衷肠，而后分离，无所求。

无论遭遇什么，都不要成为一个掠夺者，不要从对方身上期望获得什么，也无须奢求理解或解释更多，只需要展现真实，然后尽力去理解万物和他人，与心共舞、相爱、和谐。就像独自走在山谷，突然听到黄莺的鸣唱，梨花树落下白色花瓣，你感动又惊喜，只因为清澈的知足，无有期盼。

读万卷书，行万里路，自古画家重游历，世界看在眼里，体会在心中，表达在手笔之间。人物画以人为原型，表达画家与人之间的关系；山水画以山水为原型，表达画家和自然的关系。因此，相比人物画而言，山水画更能表达作者本身的心境和品格。因而，好的画家呈现的画面，往往不是简单的视像，而是心像，用眼睛去看，用心去品味，画者与观众便都会获得自由。

种花、浇灌、触摸泥土，其实是与植物进行的最有默契的爱的交流。当你把心念与情绪敞开，倾吐给香草时，她会将你的安宁与幸福接收并再次散发出来。整个过程，就像花朵在夜里的呼吸一样，寂静、清柔、有力，且富有仪式感。植物每一天都在说话，只是我们没有时间倾听。

禅，是一枝花。禅，非一枝花。禅，是一只蝶。禅，非一只蝶。梦里梦外，花黄。镜里镜外，梳妆。一觉醒来不知是人化蝶，还是蝶化人……周梦蝶先生说：“不许论诗，不许谈禅，更不敢说愁说病，道德仁义，怕山灵笑人。”这草色只容裙影与蝶影翻飞，在回顾已失的风里……

窗外瓢泼大雨，我关起门帘，安静了许多。独自在屋内泡了一壶普洱茶，入口有荷香的味道，翻开《药师琉璃光如来本愿功德经》，其中描写药师佛十二大愿中有一处写道:“愿我来世得菩提时，身如琉璃，内外明澈，净无瑕秽，光明广大，功德巍巍，身善安住，焰网庄严，过于日月……”读着读着，体会到中国文字太美，犹如徜徉在纯澈的琉璃海洋之中。

心的路，一个人走得久了，就越感觉孤独就是美好、自由。

凋零，融化

终结也就意味着新的希望。

清晨，被一只小松鼠唤醒，它爬到了窗户旁跳来跳去，偷窥房屋里的主人，然后轻盈地跳跃到阳台，吃着昨日我用白盘洗净供养在阳台上的大串紫葡萄，原以为林中的鸟儿们会先来，它真是可爱极了，也在那一刻，触碰到了我心中最温热的角落。

宋人张叔夏《清平乐》:“候蛩凄断, 人语西风岸。月落沙平江似练, 望尽芦花无雁。暗教愁损兰成, 可怜夜夜关情。只有一枝梧叶, 不知多少秋声。”只因一枝梧叶，就能知多少秋声，这是见微知著的境界，从一棵树、一朵花、一片云、一滴雨露、一块石头中看到所有的生成和陨落，所有的繁华和寂寞，渐渐贴近生命的实相，单纯而直接地看到美善。

心小了，事就大了，如此万事万物就狭促停滞；心大了，事就小了，如此万事万物都生生不息。

一旦意识到生命里那些宏大而终极的课题，例如死亡和爱，俗世的片刻欢愉、是非对错，都如同落叶一般无力，又如同雪花消融空中。所有的积累都会消减。聚合的结果总是分离，死亡就是生命最终的结果，我们唯一能做的是保持真诚，如同创巴仁波切所说：学会在生命的每一个时刻保持“真诚”，真诚地悲伤，真诚地温柔，也真诚地面对自己。

有些事情，只有闭上眼睛，才能看得清……愿一切僵硬都苏醒，一切分离都凝聚，一切目光都温暖人心，永远相信爱，也永远永远不要忘记。

不知道，山的那头，远方的远方是否会出现一道如彩的云儿，散发出耀眼的光芒透彻心间。但从不期盼，选择等待，选择接纳当下所有的美丽与污浊，就像风中的酥油灯，摇曳着、晃荡着那些若隐若现的烛光。

但只要内心依然炙热，风儿会重新吹亮还温暖的火苗。

每当轻轻地闭上眼睛，就仿佛每一寸肌肤都能感受到那股来自天地里柔软的力量和光芒，在温暖地照耀和拥抱着我。也说不清楚，为什么在这混沌的世间，总有一丝静寂，永恒般的存在每一个生命的心间，令人安详，令人敬佩。

宋人们总爱相聚一起，谈禅论道：夜静水寒鱼不食，满船空载月明归。正当夜静人深时，天地一时澄澄的，且道是什么？而如今的此刻，什么都不管吧，呼吸就好了，温暖就好了，接纳就好了，爱就好了……

放松，觉知

有一日，老子坐于树下，一片叶子飘落下来，非常自然，非常缓慢，随风摆动，他看着这片凋零的落叶安息在大地之上，内心充满了感动，那一刻，他体悟了无为，道法自然。

如果你做到了简单，就能水滴石穿、移动大山。

童年时期，我常常随着祖母到各地拜访老人，接触的手工艺老人比较多，他们用了一生的时间，就为世界做一件事情，做木工、做衣服、编织、打铁、剪纸、刻墓碑、吹笛……他们身上都有一个共同点：持久、专注、倾心。也正因为如此，他们的心性就呈现出别样的朴质和单纯。同类物品，一经过他们的眼睛，就能分辨出好坏、优劣，哪里需要调整，哪里出了问题，哪里可以更好地改进。

这是一种能力，和我们心的专注、持久有很大的关系，例如染织工人，他每天染上百块不同的布料，什么颜色和什么质地，他都心里分明清晰，如果是蓝色的布料，又分为群青蓝、普蓝、宝蓝、藏蓝、孔雀蓝等几十种蓝，可旁人看，却总也分不出那么多种区别。

他们在各自的领域里，激发了对单一事物的多样理解，感知到了不同的面向，看到了普通人看不到的真相。如同我们每一个人，都拥有可以自然觉知的能力，觉知越微细、越绵密，就越会带来更深刻的洞见。但觉知的同时，内心还有爱，在理解万事万物的同时，把善意传递给对方。

觉知越丰富的时候，越会放下很多自我的成见，比较偏执的面向会被融化和破解。就像雪花有形状，但终会融化在海洋，这只是需要时间和过程。当你觉知到大海的时候，你会发现一个更广大的世界，你的爱也会更清明，充满智慧。

我不喜欢浅尝辄止的事物，不喜欢含有保留地交流和相处，因为那不足够触摸到心的深处，哪怕是失意，哪怕是痛苦，哪怕是挫折，都比浅显的经历来得更宝贵。只有当体验足够深刻时，才能触碰我们内心承受的极限，得到珍贵的领悟。这需要敞开、接纳、勇气和超越，是一个完整的生命体验，一次完整的自我认知。

“放松即解脱。”

友人来访，带了一些茶叶和一束鲜花，我把鲜花小心地插在瓶内，任它凋零败落、花开花谢，都珍惜。

当你凝望这个世界，凝望一朵花，凝望某一个景物或者某一个人，心中一片安宁、喜悦时，就是每个人内心美好的自己出现的时刻。《维摩诘经》中有云：“若菩萨欲得净土，当净其心，随其心净，则国土净。” 整个世界都是我们内心的投射，美丽与丑陋，纯净与肮脏，都来自我们心念的分别、二元的对立，倘若我们内心是明净柔软的，那么所有的对立都会消融，世界会是明净的。

窗外下雨又出晴天，又下雨。我走进厨房烧一些热水，准备和友人一起午餐，她从家里带来了自制的面包。桌面凌乱而简洁，凌乱的是物品的摆放：食物、烛灯、纸巾、水杯、果盘、餐刀、茶叶；简洁的是这些日子生活的面貌，在这些一眼明了的物品中，呈现出平凡简单。

此刻，窗外的天又晴了。落地窗通透明亮，阳光洒落地面，我端起水杯，望着窗外不远处的白塔，印画着一双佛的眼睛，鸟声、呼吸声，此起彼伏，慢慢解开了思绪的绳索，生命只有当下。

微光，微花

惊叹阳光下尘埃的美。

对海面升起的朝阳、野外的木槿花和为我们耕种粮食的人说“谢谢”。

你微微张合的嘴角，诉说着山岭彷徨，你眼角的皱纹生长，好似那草叶自动枯黄。时间每一刻都在流逝，没有什么可以永远停留，无常深处，你我赤子之心是否永存……

这是一个庭前扫落花的时节，风儿从枝头吹下粒粒淡淡的黄，时而浓烈，时而清雅。空气中的清香就这样悠悠然随风飘荡。在冷秋来临的前夕，此时的光阴应是最舒适的，恰逢月光皎洁的夜晚，世界越发显得格外寂静和透亮。

因为我时常外出，朋友送来的苔藓，在家里无人照顾，回来时，盆沿处已经泛黄了大片，心生怜惜，却也只能托友人从上海再寄过来新鲜的苔藓，更替种上。房屋一角的蝴蝶兰也过了花期，凋落在木板上，枯黄却有质地，不舍得清扫。繁华转瞬即逝，残花虽败，却美得寂寞，让我想起了李商隐的《花下醉》：“寻芳不觉醉流霞，倚树沉眠日已斜。客散酒醒深夜后，更持红烛赏残花。”

当你吸气时，身体里所有的骨骼、血液、皮肤乃至毛发，都在吸收着健康、清明、爱和光明的能量。在你呼气时，让你的身心温柔地迸发出明亮灿烂的感恩之心，让心田自然敞开，不受开垦。

游走世间的瑜伽行者，他们的心灵，如同莲花湖上的天鹅，宁静地滑过水面，而不扰动湖水，在莲花之间穿梭，却没有混乱花朵生长的持续。在任何关系的业力中，我们要试着学习彻底地放手，脱离那样的关系，独自享受当下，以体验到自己就是圆满而完整的。

“千年石上苍苔碧，落日溪回树影深”，这首古诗表达的是，在一个落日余晖的黄昏，山林中清澈的小溪上落下长长的树影，石头上的青苔传递着时间的绵长，流水潺潺，光影灵动，当下的鲜活全部糅入历史的幽深寂静之中，渲染出独特的时空感。古人描述心中的情感，会超越眼睛看到的情境，去描写其形、其思、其魂，目之于色，耳之于声，都是有限的，只有超越具体的存在，才能表现心灵体验的真实。

在我们的一生中，遇到爱情，遇到性，都不稀奇，稀奇的是遇到理解，一旦人类的同理心能跨越概念的藩篱，艺术就能成为普世的交流语言。花道师面对一花一枝，悉心挑选，剪下的花叶数量若超过插花所需，便心生惭愧，花草亦需要珍惜礼敬。如同伟大的茶人认为，生活中一言一行，都应该像沏茶那样庄重警觉，有礼有度，没有多余的伪装和浪费。茶杯、冰壶、花束、岩石……万物本身就有天理在其中，供行人去领悟。

让沉默浇灌你内心的种子，春来发芽，冬来蕴藏。待因缘具足后，自会瓜熟蒂落。

北京柳絮纷飞的三月，我爱这繁花盛开的时节，看这一花一木，它们朝开暮合，生成凋落，怀抱热情，凌霄花和铁线兰的美丽，带着理智和温柔。朱自清先生说："我爱热闹，也爱冷静；爱群居，也爱独处。一个人在这苍茫的月下，什么都可以想，什么都可以不想，便觉是个自由的人。白天里一定要做的事，一定要说的话，现在都可不理。"

空兮，灵兮

一种深沉的定，是只能在寂静中展开，并得以巩固的。

喜欢清晨、森林、郊区和宁静，行走时却总是独思与感到悲伤，也常常会想起周梦蝶先生的《化成再来人》：“举世皆笑，我不妨独哭。举世皆哭，何忍独笑。”

元初有位明深禅师，观赏到一幅画中有梅花插入瓶中，便题诗：“折来斜插胆瓶中，数点半开春意融。疏影横斜窗漏月，暗香浮动户来风。既无根本那能实，徒有标姿总是空。莫待弃情时节至，只今便作朽枯容。”虽然梅花点亮了春意，暗香浮动游离，然而若不识得妙明真心，总是在幻象之中，便都是空。

人们的美丑观念更多来自一种知识的分别，然而，天地有大美而不言，四时有明法而不议，只有超越思维的分别，方能去追求天地间真正的美。故宫博物院收藏了青藤著名的《四时花卉图》，此画中芭蕉、梅花、藤花、牡丹、秋葵、竹、水仙、兰融为一体，朵朵开放，生机盎然，跃然纸上，二十四节气的美，生机灵动地傍地而生，理性完全被打破，颠倒了梦幻时空，让心思绝路，语默俱丧，霎时进入一种纯然的超越逻辑和常识的感受之中，才发现天地间真正的大美。

一位长期练习剑道的友人，无论在哪里，他好像都带着他的剑和服装，勤奋、担当、正义、博学，尤其是他痴迷的剑道，让他身上含有日本武士的精神：专注、无畏、自强不息。其实，剑道也是一种禅的精神，通往心灵的纯一无杂，如同花道、茶道、绘画、葛吉夫舞蹈一样，要求在此期间，不造作，轻柔而专注，坚定而清空，心境往往超越文字语言所能描述的。

老子曰："天下万物生于有，有生于无。"香山翁曰："须知千树万树，无一笔是树，千山万山，无一笔是山，千笔万笔，无一笔是笔。无处恰是有，所以为逸。"

有形但为无形造，中国画家说："无画处皆成妙境。"诗人说："含不尽之意，见于言外。"有形但为无形造，犹如高山空谷的一朵幽兰，小而永恒，似淡若浓，在无人问津的山谷，空而海涵，自在开放，沁而幽香。犹如天空的一抹孤月，散发出皎光，虽映照千里山河，依然寂静悠长，光吞万象，无所依持，无所分别。

《金刚经》有云："譬如有人，身如须弥山王，于意云何？是身为大不？须菩提言，甚大，世尊。何以故？佛说非身，是名大身。"好像渐渐懂了，大小不是一个空间的刻度，是没有空间，就如永恒不是一个时间的刻度，是没有时间。

有时候，很想鼓励人们读经，在一个安静的时刻，夜晚或清晨，认真地诵读经文，或小声，或默念，让每字每句都流过心头，然后身心俱寂，安住片刻，如此会感到清明。

顽石，柔水

小沙弥说："法的精髓，是爱他胜过爱己的菩提心。"

长辈一生看尽繁华，最终告诉我：心清心净，安于平凡，最让人感动。做任何事物，生有时，灭有时，保其天真，随顺自然，要努力，却急不得……此刻，我也想起了《群书治要》中的话："夫物速成则疾亡，晚就则善终。朝华之草，夕而零落；松柏之茂，隆寒不衰。是以大雅君子恶速成。"

三个能量关键

·自律带来自由：放弃混沌度日，恢复有序的生活，用庄严的信心去唤醒自由的意义。

·持续净化：保持对心念的觉知，不断净化自己的动机，明确自己的意图。

·无忧无虑：不太严肃，不太较真儿，带一点点幽默和生动快活，是对"欢乐"的赞颂。

平抚你的欲望，解开你的心结，热爱你的温柔，平衡你的极端，柔化你的气息，原谅你的懊恼，净化你的眼神，满足你的所在，在最狭隘的渊谷找到大气，在最深处的阴影触碰到光明。

我小心翼翼，微笑长眠在淹没你的深蓝色大海，犹如我爱你，在火焰之中纹丝不动的光荣。在反复和坚守过后，顽石终将变成柔水。

空山无人，花自开，水自流，风自动，叶自飘……

就像一层薄薄的雨雾，在山间飘散，在梦里飘散，独自离家走过那些滴着露珠的田野，坐在湖边，静静地看着美丽的湖面，如同夜晚坐在屋顶看着满天的繁星一样，那是童年的行迹，有好多好多孤独。

有僧问大海法常禅师："如何是佛法大意？"法常答道："浦花柳絮，竹针麻线。" 同样的问题，风穴禅师说："常忆江南三月里，鹧鸪啼处百花香。"这是禅宗的对话，灵光一闪，天地万物只一颗真心，柳絮、麻线般平常，又似三月江南的百花香那样生机盎然，带给中国美学的是空寂，是活泼泼，是赤条条。

"静中有动动有声，声到无声心即镜。"静是心中的长"寂"，带来了如镜的"观照"，引出了心中的"慧"目，这是修学的次第，褪去了二元对立的概念，生命的纯真开始苏醒。

冬日，窗外是阴雨天，空气中弥漫着清冷，道路旁的茶树都开花了，是娇艳的红，银杏树和枫树的叶子被风吹落，满满一地的红黄相映。在屋内安静地阅读几本书籍，泡一壶红茶，茶香缭绕。知时节，识冷暖，有时候就是一种幸福。

"千年石上苍苔碧，落日溪回树影深"，这句诗说的是，在一个落日余晖的黄昏，山林中清澈的小溪上，落下长长的树影，石头上的青苔传递着时间的绵长，流水潺潺，光影灵动，当下的鲜活全部糅入历史的幽深寂静之中，渲染出独特的时空感。

穿过荆棘，穿过脆弱，穿过变迁，穿过尘世的纷纷扰扰、是是非非，穿过冬去春来、花开花落，任灵魂高歌，任一切飞翔，自由自在。

存在的状态，流动的感觉，都是抓不住的显现，时人看一朵花、一片云都如梦幻而已，真实的世界是对幻象的超越。萧然不作人间梦，老鹤眠秋万里心，吴门画派中有一位天才画家唐寅，心境与道相契，他阅读《金刚经》时，看到“一切有为法，如梦幻泡影，如露亦如电，应作如是观”，便为自己取名为六如居士。“六如”寓意着人生每一阶段的经历、每一刻当下的体验，都如同梦、幻、泡、影、露、电，梦取非实，幻取非真，如泡影沉浮，忽起忽灭，似有还无；如晨露朦胧，短暂易逝；如电光石火，一闪即空。他的画作，朱良志老师说带有梦幻空花的色彩。今藏于北京故宫博物院的《桐阴清梦图》，画中一人在青桐树下坐而入眠，上面唐寅题有一诗:“十里桐阴覆紫苔，先生闲试醉眠来。此生已谢功名念，清梦应无到古槐。”画中画的是南柯一梦般的情景，主人梦到自己去了槐安国，当上了南柯太守，还娶了美丽的公主，醒来后才知道，原来只是一场大梦。唐寅在诗中表达自己作画的意境，却是高远清明：十里的桐阴，百年的紫苔，经人生岁月的洗涤后，此生，自己对南柯的功利之梦早已连念头都不再生起，只想醉意颠倒之时，还能在桐阴树下做一个清明的梦，梦到一方清净的世界去。

原来所有的一切
只为遇见你

世界在你心里，
而你在我心里。

原来所有的一切只为遇见你

徘徊，犹豫与挣扎
千万思绪改变着我的计划
原来
原来这一切的逃走与胜利
只为遇见你
世界在你心里
而你在我心里

回家

你，像白鸟一样
飞远
却不像白鸟那样
待时节更替
便回到我的身边

我，却一直守候着
守候着呀
就像你从未走远

我想
所谓漫长的等待
也只是一种谎言吧
一种自己都难以觉察的谎言

其实

世间哪有什么真的分离

不过都是幻觉罢了

醒来吧

回到这里，回家

归途

满园的花香
来不及品尝
你，就要踏足远方

未知的鸟儿
竞相啼唱
你，嗒嗒的马蹄声
让这繁华如戏一场

我想，何时
才能让你停住脚步
看那
彩蝶飞舞，斜阳日暮
伊人如初……

我想，莫非

穷途末路

盛衰荣辱细数

抑或

尝尽人间离合苦

否则，你将永不知归途……

月夜

一朵无名的花
在江畔自由生长

与月影交织
从天到地

静谧的夜里
她发出微微颤抖的声音

是一瓣流香 一瓣飞翔

留给江畔的
那亘古的寂寞

凋零不了
也无法凋零

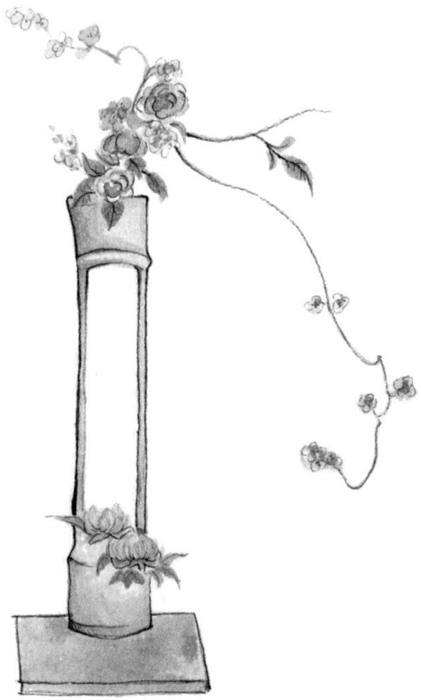

轻吻

阳光在春日的啼唱下
张开了拥抱的翅膀
整个城市弥漫着
金色的光芒

山巅之上
我，静静坐着
没有声响

任凭百鸟掠过
清风吹过
那慵懒的虫儿
擦身而过
我，仍不声响

哪怕

杜鹃怒放万千树

蝶儿起身弄舞

三两孩童

相戏而逐

我，仍不声响

你可知

我的心啊

早已化作

春日的翅膀

轻吻了每一个路过

仔细品尝就是

在任何环境中
你就是环境本身
在任何时间中
你就是时间本身
每一时，每一地
都是独一无二
不需要与其他时空比较
因为本来
就不存在虚妄的时空
真正存在的
只有此刻
仔细品尝就是了

眼泪

你总是喜欢去倾听
那些不属于你的故事
然后明明欢喜
却忍不住静默的眼泪

来来往往的人群
早已消失不见
可你依然执拗
抓取那恼人的风味

难道，是你不懂吗
不懂
那丑陋的本来圣洁
那冰凉的本来热情
那微细的本来博大

还是，你妄想

在泪水成河的海里

寻到那颗

属于永恒的水晶

恰似你眼角

瞬间的滑落

祈祷

当风儿绕抚脸颊
落叶凌乱了树梢
当烈日化作了暖阳
清凉白月洒落着苍亮

我
时而低声惆怅
时而仰天长笑

在无尽的亘古流转
在无际的相守别离
何时才能如勇士般
挥剑斩断这悠悠缠绵

愿我成为
真正的英雄呀
尊者足下诚祈祷
知我，念我
将我与您合而为一
从此，消融于无尽的虚空
只留给世间
青天白日唯一的眼泪

奇迹

曾多少次
以为遇见了
这个世间的奇迹
于是，就感觉如孩子般快乐

后来才懂得
原来
是遇见了自己

但我依然相信啊
在这个平凡的世间
还有如你一样的奇迹

沉默

就像挂在枝丫上的花
洒落一地的
是沉默

不要相问
属于沉默的语言
那是终结的渴望
在潸然泪下

吹箫

且容我
再为你吹一曲
一曲，酒后的离歌
从此
便是天涯陌路
两两相隔

你说
永别，是为了重逢
重逢在宇宙融融
融融的虚空

你还说
我是你见过
最特别的女子
所以，应该懂你
懂你的抉择

可

泪如雨下

是我的无可奈何

罢了吧

应了你的许诺

至此

前尘往事

你我便不再细数

也愿红衣与你相伴而逐

而我

只手那支竹箫的荒芜

静待岁月如初

相伴明月的孤独

自由

时光老人

脱去了外衣

融入大海的阵阵涟漪

我张开臂膀

追随着风儿

拭去那长久的思念

欢呼吧

此刻是自由的

遇见萤火虫

我，是一只小小的
有着微弱光芒的
萤火虫……

有人说，我们
是天上的繁星
陨落人间
变成了精灵

但我知道
我不是……

我只想在黑夜
散发属于自己的
那一点点，温存

希冀
一不小心
可以碰到懂的人

希冀

一不小心

可以唤醒

那份本来裸露的纯真

你说

看不清

看不清我的脸庞

可我

本就不想

让你看得清晰

我，只想

你遇见我的那一刻

惊喜的笑脸

看见

我多想
时间停留
看到永远的蓝天
大树和海洋

但我明了
那不是生命的全部
我还需要
看到人群与世相

从种种混乱与困顿中
在深深的看见里
与自己交融合一

祭奠

我
放下念珠
放下经书
就是没放下你

我，走出去
听雨，看山，呼吸

你所有的温暖和爱
在我心里延续流淌

此刻，我感觉
离这个世界好远
却离你好近

你
成为我今日
唯一的冥想点

感受

真正地感受
面对面的
清醒而坦诚的

赤裸心上的
流淌着自然的
完全的真实

悲伤

如果悲伤
可以化解
所有的僵硬和对立

我愿，永远悲伤
在这片
深蓝色的大海里
泪如雨下

思念

水在水里
是交融的

就像
风在风里
是狂舞的

就像
你在我心里
是一样的

流逝

咖啡厅里
我
踟蹰了好久
你说
好想一如最初
将我紧紧拥抱住
可我们
终究不能踏入同一条河流

融

我让脸庞
贴近阳光的方向
并深深地
呼吸一口新鲜的空气

花儿
就在不远的地方
开得无比灿烂
此刻
我轻轻地闭上双眼
倾听
虫鸣鸟唱
涓涓细流

倾听
风儿拍打树叶
还有自己的呼吸

就这样
我睡着了
梦里
我化成了
水流的叮咚
混合着风儿
飘向了蓝蓝的天空

无常

花瓣脱落

松叶结果

落霞融入幽暗

山谷静寂

舟崖涛急

悲伤遗忘彼岸

无常在

她恒在

就像喜忧一样自然

就像爱恨一样幻染

旅人

你翻越的
每一座孤峰
都指向最初

你走过的
每一条道路
都踏足终点

你曾以为的踟蹰留恋
不过是又一次花开

你那坚定的无所能盼
不过是又一次花谢

握好马鞍，挥鞭
不要回头，独自穿越去
那草野，川河，山巅

凋零

可能吗
纵然　是空谷的幽兰
也无法　仰止你心头的喃喃

可能吗
纵然　是乡间的明月
也无法　照亮你终日的凝眸

当云化作雾　雾又化作雨露
凝结成雪花　飞舞空中

你，默合双眼
把世界浓缩成了一二瓣　梅蕊

飘零 融化
孤寂 成海
……

醉酒

酒色的光影
交织着你我
年轻而灿烂的笑容

我们讨论
愤怒，金钱，回忆和爱
杯口相碰，清澈见底

你谈论爱
甚至忘记了
我们就在相爱

你醉了
醉在禅海之中
熄灭了火焰、冰山和海洋

趁着

沉默，倾听，觉知

都还在

继续吧

继续闪亮着

这酒色交织的光影

爱

爱，是一个多么简单的字
含藏着万千花朵与海洋
但它确是属于孤单的
孤单的存在

爱，是一幅七彩斑斓的画
勾勒出耀眼彩虹与太阳
但它确是属于心灵的
心灵的飞翔

爱，是一面轻盈欢乐的脸
浮现着明亮笑意与春光
但它确是属于灵魂的
灵魂的歌唱

时光

枯藤长出枝丫
秋草萎黄春又萌绿芽
转身的那一刹那
万千星粉点染桃花
羽翼闪舞天际
渐渐燃起夕阳彩霞
微风缭绕轻抚脸颊
忽，才惊觉
时光已悄然轻擦

有一天，走到了世界的尽头
才明白，什么是僵硬，什么是温柔

图书在版编目（CIP）数据

平静生活 / 一夕著. -- 北京 : 北京时代华文书局，2018.6
ISBN 978-7-5699-2329-2

Ⅰ. ①平… Ⅱ. ①一… Ⅲ. ①散文集－中国－当代Ⅳ. ①I267

中国版本图书馆CIP数据核字（2018）第069891号

平 静 生 活

PINGJING SHENGHUO

著　　者 | 一　夕

出 版 人 | 王训海
选题策划 | 陈丽杰
责任编辑 | 陈丽杰　蔡　黄
封面设计 | 尚燕平
版式设计 | 迟　稳
责任印制 | 刘　银　訾　敬　范玉洁
团购电话 | 010-64269013

出版发行 | 北京时代华文书局 http://www.bjsdsj.com.cn
北京市东城区安定门外大街138号皇城国际大厦A座8楼
邮编：100011　电话：010-64267955　64267677
印　　刷 | 北京富诚彩色印刷有限公司　010-60904806
（如发现印装质量问题，请与印刷厂联系调换）
开　　本 | 880mm×1230mm　1/32　印　　张 | 6.5　字　　数 | 120千字
版　　次 | 2018年7月第1版　印　　次 | 2018年7月第1次印刷
书　　号 | ISBN 978-7-5699-2329-2
定　　价 | 42.00元